薇薇安 著

有些爱，
不配倾城

图书在版编目（CIP）数据

有些爱，不配倾城 / 薇薇安著. -- 北京：新世界
出版社，2015.3
ISBN 978-7-5104-5350-2

Ⅰ. ①有… Ⅱ. ①薇… Ⅲ. ①长篇小说－中国－当代
Ⅳ. ①I247.5

中国版本图书馆CIP数据核字(2015)第121936号

有些爱,不配倾城

作　　者：薇薇安
责任编辑：黄倩
责任印制：李一鸣　　黄厚清
出版发行：新世界出版社
社　　址：北京西城区百万庄大街24号（100037）
发行部：(010) 6899 5968　　(010) 6899 8733（传真）
总编室：(010) 6899 5424　　(010) 6832 6679（传真）
http://www.nwp.cn
http://www.newworld-press.com
版权部：+8610 6899 6306
版权部电子信箱：frank@nwp.com.cn
印刷：北京中印联印务有限公司
经销：新华书店
开本：710MM×1000MM　1/16
字数：180千字　　印张：13
版次：2015年7月第1版　2015年7月第1次印刷
书号：ISBN 978-7-5104-5350-2
定价：28.80元

版权所有，侵权必究

凡购本社图书，如有缺页、倒页、脱页等印装错误，可随时退换。
客服电话：(010) 6899 8638

目 录 contents

猜猜谁来付账单	001
飞越千山，只为共进晚餐	003
说完再见，各自好眠	005
即使每晚在一起	008
已婚闺蜜	010
我有一个朋友	012
幕后关系	014
老男人饭局	016
朋友圈隐私直播事件	019
天花板上的瘦身镜	021
完美情史	023
有些"好人"你永远不必等	025
真心话才是大冒险	027
输在对的姿态里	029
谁搭了那些深夜的士	031

目 录 contents

隐形的戒指	033
离婚见真情	035
自然美等同于安乐死	037
年底"认命趴"	039
当相见不如梦见时	041
他的两个女朋友	043
原谅他和她的着魔期	046
末班车小姐	048
爱神在1号线	050
消失的港男	052
人生如戏，相见不如关机	054
你男朋友喝多了	056
人狗情未了	058
前妻小姐的来电	061
万圣节等谁来接	063
与King先生有关的早晨	066
"女战神"坐在12A	068
她的他和他的她	071
有什么好羡慕的	074
相亲很有趣，你不能总有洁癖	077
星座表姐团，有爱有喜感	080
洗了头发也不想见的人	082
那些年，我们一起欺负过的	085

目　录 contents

叹息的事业线	088
爱情里的局外人	091
我们都哭过的沙发	094
知道太多，就回不去了	097
同学会已随乱红飞花去	100
每个女人的心里都住着一个小女孩	103
爱囤积和断舍离	106
不是所有人搭讪都用绿箭	109
外婆的荤油坛	111
多少军师在情场	114
女人天生爱算命	116
如果实现了，就没有梦想了	119
男人的面具和女人的谎言	121
细碎流年里的小确幸	124
一只备胎的退出感言	127
爱得深爱得早，不如爱得刚刚好	129
失恋后的单曲循环	132
这才是最感人的三个字	135
心中有猛虎，在细细卸妆	137
毁人不倦的照片	140
假如遇不到另一个自己	143
何以被误读	146
有一座城	149

目 录 contents

更好的自己 152

你是新郎，我是悟空 155

御姐不出甜心招 157

不在分手后补刀，才是最后的温柔 160

身后是低谷，再多走几步 163

认错人也好，爱错人也好 166

师父，你被妖精抓走了吗？ 169

当时的月亮 173

成长很无涯，还好有二宝 176

完美的孤独也是美中不足 180

一个来自美容院，一个来自妇产科 183

小镇偷得半日闲 186

云上的观想 189

多年以后，我是另外一个我 191

回不去了的苍凉 194

别把你的蜜糖酿成别人的砒霜 197

有些爱，不配倾城 200

猜猜谁来付账单

对于缘分这种说辞，我向来将信将疑。既怕笃信其有，反受其害；又怕误信其无，不被垂青。摇摆不定之间，只好暗暗安慰自己：缘分这东西只有到了，你才知道。

同理，最为唾手可得的天意，不过是在你情绪低潮时，下一场雨。低潮的原因有很多。比如混在北京，从买房难沦落为租房难；在家接手机，不拔下充电器就有可能遭雷劈；最让人心酸的还得是，身为剩女，要将自己打造得如同一个精美艺伎，却无力决定等一下出场的是一个男神还是一个渣男。

如果再搬出"我有一个朋友"做开场，自己都觉得缺少一些诚意。那么好吧，我曾参加了一个这样的饭局，组建者是我的好姐妹小可，她向我抛出了"多认识个朋友总不是坏事"的橄榄枝。这对于异性圈子小到眼睛发绿的大龄单身女子来说，无疑是一个大善人借给了一个赌徒翻本儿的钱。

我自然是佯装淑女地出席了，也在最短的时间内明白了小可的良苦用心，她之所以没把这次的三人饭局冠名为"相亲"，完全是因为"多认识"的这个朋友，年龄目测介于中年人与老年人之间，貌似带着某种不可言说的神秘身份登场，发色之浓黑，神采之飞扬，自我感觉之良好，接电话时的口气之豪迈，让我当即想到一句广告词——大叔，你谁呀？

大叔自带一瓶号称价值连城的红酒，诚恳地建议我，女人应该每晚睡前喝一小杯，什么时候方便，我给你送去十箱？吓得我连连摆手，不用不用，远没那么精致。为了不欠下口头人情，我赶紧转移话题，您等下不怕被抓酒驾吗？他扬起下巴一笑，下巴绕了一圈归位后，并没有要回答的意思。我却听出了画外音：交警队长是我朋友。

我想，我应该是开启了一个不错的话题，因为接下来，大叔流露出了对现在这台新座驾的厌烦之情，表示近期打算购置一台房车，他征求完我和小可的意见后，我俩极其屌丝地对视了一眼。我卑微地表示，对于车，我只认识颜色。

最为离谱的剧情发生在小可离席接电话之际，大叔像地下党接头一样低声向我索要电话号码。那感觉，就跟算命先生头头是道地看完面相、掌纹之后，突然来了一句：能看一下你的"事业线"吗？

终于迎来了买单时间，服务生毕恭毕敬地报完四位数之后，只听大叔一声惊呼——这么便宜！一语惊醒了我和昏昏欲睡的小可。我们俩再次极其屌丝地对视了一眼，各自为了避免暴笑失态而紧咬下唇，看着大叔从口袋里掏出一叠外币，而后又故作记错一般恍然从另一个口袋里掏出人民币付账。

这个愉快的夜晚无疑增进了我们的姐妹情义。走出餐厅时，我俩携手下台阶之际，我看着前方大叔的背影，低声问小可，那个钱……面值好大、颜色好红啊，看着像港币？小可停住脚步说："是吗？还是你见多识广，吓了我一跳，以为是冥币呢。"

飞越千山，只为共进晚餐

我曾经撕下过一页杂志贴在墙上。

画面是女人手持玫瑰与男人相拥，男人把她抱了起来，他们的脚边停放着一个小行李箱，于人来人往中。旁边有这样一句话——爱情就是坐八小时的飞机，只为共进一次晚餐。

我就是被这句话击中的。

它的感人之处在于："只为共进一次晚餐"，而不是"只为上一次床"——尽管共进晚餐之后的事，你我心里都明白，女人也期待，但她要的不就是男人为她付出的一切看起来并不只是为了 ML 这点事儿么。

这点事儿的讲究还是蛮多的。人对了的前提下，花点血本的感觉也是相当不错的——一个惹火的调查得出的结论是：为了跟自己垂涎已久的异性共度良宵，参与调查者中，有近一半的人愿意飞到另一个城市；超过 90% 的人认为男人应该重视自己的内裤，高达 80% 的男人和 50% 的女人愿意与提供两性方面的咨询及援助机构进行接触；有近一半的女人希望约会的酒店越高档越好，而有这种想法的男人只占 32%，也许这有很大一部分原因是他们意识到了这个钱应该由谁来出——如果可以免费在五星级酒店约会 ML，男人的答案就是另一个数字了。

我做过这样一个调查，得出的结论如下：一位异性友人说，当然是男人来出，我可不想只递上身份证，然后被工作人员以打量小白脸的眼神轻视。有人说，AA 比较好吧，男女平等啊！最有价值的一个声音是这么说的：这个钱应该由年纪大的一方来出。

我细细琢磨，竟然认为别有一番情理，且非常之符合我国国情。年纪大的一方，通常经济条件要优越于年纪小的一方。当一个大女人带着一枚小帅哥进入酒店大堂时，她应该已经气定神闲地把手伸进手袋里摸索钱包了；而由年轻女孩来付房费时，她的一切生活开销都有可能来自正在外面泊车的男人。

除此之外，还需要花一些隐性的钱。有研究表明，一次尽兴的"嘿咻"带给人的愉悦感相当于消费 1000 美金。想得到货真价实的愉悦感，花点血本还是值得的。去赴一次感官之约前，除了全面清洁、仔细刷牙、打理头发、用点香水、做个按摩或 SPA 或者至少睡个好觉、修饰容貌之外，你为约会做出的花费，真的够多了吗？

美国有一个对花生过敏的女孩，在一次和男友亲吻过后突然死亡。死因居然是他的男友午饭吃了花生馅饼。看来，保持口腔清洁是人命关天的大事，为了省去激情时刻先刷牙的麻烦，男女必备的第一笔消费诞生了，一支口腔清新剂。

这还不够，刷一百次牙齿都不及拥有干净光滑的腋下。所以，姑娘们请在化妆包里安置一个女士剃刀，当某人空降你所在的城市为你制造惊喜时，你完全可以躲在公司或酒店的洗手间里搞定。

至于坐了八个小时飞机，共进一次什么样的晚餐，还得看是跟什么样的人来吃。旧人吃的是形式，新人吃的是忍耐——根本没有耐心看完菜单的男人，直接向服务员发出"点那道别桌都有的本店特色鱼"的口吻，像是在说："今晚，我很燥热。"

约会投资，绝对不仅仅是去楼下的便利店买东西那样简单。

说完再见，各自好眠

不久前在线跟一位男性友人聊天。

他问我，你们女人遇到心仪的男友时，会邀他来自己家还是去他的家？如果是去他的家，是希望幽会结束后他把你送到楼下，还是留你在他家过夜？

这个问题很有延展性。

我想多数女人还是不太喜欢把男人带回自己的家，而出于性别的主动习惯，男人把女人带回自己家的情况比较常见——这种主场作战的优越感，能够舒缓一下他们绞尽脑汁想把女人哄到家的紧张情绪。

分析到此，男性友人表示汗颜。他说，多年前自己尚且年轻，不解风情，唯一用来试探女孩反应的方式就是把她骗到卧室里一起看鬼片，当贞子披头散发地从电视机里往外爬的时候，他可以顺势捂住她的眼睛，然后……现在回想起来，自己都觉得这招惊悚。

男人不知道该不该留女人在自己家里过夜，女人也一样犯难。

小可说，她拒绝过两次留宿请求，第一次的原因是对方租住的公寓里仅有一张单人床。那个床垫很硌腰，躺在上面像在 BBQ 上烤肉。于是她以需要拿第二天开会用的资料为由，礼貌性回绝了。

第二次是一个男孩留下她之后，到另一个房间接了一通长达 40 分钟的电话。小可的感觉是，男孩的留宿很可能是出于礼貌，很快便后悔了，于是被晾在一边的她反思：这段时间究竟是该继续等，还是收拾东西轻轻地带上门离开？

相对这两个涉世不深的男孩，另一位成熟男人的表现尤为惊艳！他默默地把家里的浴液、洗发水换成小可平时用的牌子，下载了小可最想看的新片，冰箱里有她爱喝的酸奶和面膜。只要小可来他的家，他必定会将新洗过的床品当着小可的面换上。

遇到这等职业留宿高手，相信任何女人的脚都像生了根一样，迈不出他的家门。你甚至只须拎包入住，连早晨起床大姨妈翩然而至，他都会把卫生用品准备好。

看来想留一个女人过夜，无须只言片语，行动上做到了极致的男人，攻得下吴国，取得回真经。

至于我们不过夜的理由，可能完全很细微：不喜欢他家的装修，没有女士拖鞋，马桶圈上的水渍、枕头上一根不属于自己的长发……能捏着鼻子接受这等现实，留下来过夜的理由只需要一个，有足够多的情。

年轻时对一个男人有情，哪怕他就住在隔壁，也不想半夜爬回自己一步之遥的家。贪恋跟他耳鬓厮磨地缠绵，一起吃薯片，一起打闹，用一支牙刷，用一台电脑，陪他打游戏熬到眼睛发红，穿他的衬衫，先他一步起床下楼买早餐，或是待他出门上班后，把他的家打扫得宛若新生——尽管这一切可能都不被珍惜，换来的只是一句："我可能不会爱你。"

这种只要过程不在乎结果的功能，随着年龄的增长不断地退化，从女孩到熟女。

熟女是一个很可怕的物种，再撩人的情话，都不会信以为真，再勾魂的性爱，都不至于留下过夜。男人可以把性和爱分开，熟女可以把上床和过夜分开。情？多少还是有的，只是分量撑不过打车回家的念头和对自己卧室里枕头的渴望。一旦动了回家的念头，就像夜里动了要去趟厕所的念头，早晚会付出行动。

不只是夫妻，任何关系的男女都需要有一点儿相敬如宾的精神：他礼貌性留你过夜,你礼貌性拒绝;他礼貌性地提出送你回家,你礼貌性地还价帮你拦到的士就行。他提供了场地、激情和礼貌性留宿,你付出了柔情、配合和的士费。

余下的就是各自好眠和各自想念了。

有些爱，不配倾城

即使每晚在一起

资深主妇级的女人们凑到一起会聊什么？

要看她们之间关系的远近亲疏。那些仅停留在一起出来修剪个发梢，逛一下宜家，间或坐下来喝个下午茶的主妇们，会把话题放在八卦和孩子身上。谁家的邻居换了新车，谁为了解决孩子的学位问题砸高价置了一套学区房等等。真正听来烫脸的话题，绝对发生在从单身时代凑在一起交流奇葩相亲对象时一路走来的至尊级主妇之间。

为了从家事和孩子身上挤出时间，也为了节省生活成本，至尊级主妇的聚会相较前者要实惠很多，就像超市里"买一赠一"的活动。她们会把孩子统一带到一个地方做手工，也可能把聚会的地点放在其中一个人家里，来访者带上一块自己在家做好的蛋糕，或是干脆买点卤味和啤酒，捎带着把午餐解决了。

诸多姐妹情深的铺垫完毕后，重口味话题的登场自然不足为奇："你家小区房子隔音效果好吗""前天晚上给宝宝上钢琴课的男老师给我发短信了"……一项调查显示，35～45岁之间的男女，最佳外遇场合是家长会。大龄未婚的男男女女听到这个，眼神空洞得几乎看到了自己未来十年错过的大好时机如同过江之鲫。

再回到至尊级主妇的私密话题，谈及极度相似的家庭生活感受之后，唯有透露一丝婚外桃花的闪光点，才能让聊天的气氛炽热起来。此间，若是有人几度接到电话,且语气温柔一如初恋,必将招来连环追问:来电者何人?最令其他几位主妇失望的答案可能就是"老公"这个物种了。明明皆是乏善可陈的婚姻,寡淡如水的日子,怎么偏偏她还温柔得起来?集先生宠爱于一身,把感情经营得一如婚外情一般呢?

没错,她就是能。她从不会穿着睡衣下楼买水果,不会在足不出户的日子里只刷刷牙和洗洗眼睛;对于先生的来电,她不会每电必接,出门在外办事会刻意制造一些手机无法接通的状态让对方着急或猜疑,她也会嗲声嗲气说:"宝贝,你刚才在跟谁讲电话,那么久,我一打不通你的电话就特别生气!"

结婚周年纪念日的时候,她既不会提前半个月就处心积虑想好要什么礼物,也不会因为先生加班晚回而有所苛责。她只是准备就绪后坐在阳台上等,等到他的车缓缓驶进小区后,迅速跑去点亮地板上从进门口一直蜿蜒到卧室门口的两行小蜡烛,再把自己用红绸裹好在胸前打个蝴蝶结安静地等。

至此,你应该和我一样,无比想知道那位先生的反应。当然,像所有正常的男人一样,接下来一系列的状况是,瞠目结舌,不知所措,点燃一支烟在卧室和阳台之前来回踱,余下的应该就是毕生难忘了吧?

让人心有不甘的是,她不是新婚主妇,亦不是老夫少妻……再寻常不过的恋爱几年、结婚几年的正室,再正常不过地时常抱怨头发不够多、大腿不够细的平凡人妻,如果一定要说她做了什么得以让她拥有像新鲜苹果一样未被时间和生活氧化的婚姻的话,那么我想是她时刻让自己处在一种"被猎艳"的心态,而不是生怕外人看不出来"我是当妈的人了"。

我想,该级别的主妇断不会让她的先生放松片刻警惕,更别说腾出时间寻花问柳了——即使,他们每晚在一起。

已婚闺蜜

近日比较流行的段子：一、昨天和闺蜜去洗浴，在更衣室，闺蜜突然指着我内裤说：呀！你们两口子穿情侣内裤！二、孩子满月，闺蜜来探望。给娃喂奶时，闺蜜突然来了一句：孩子真可爱，看他吃奶那神态，跟他爸太像了！

不知有多少女人，看到类似的段子会手心冒汗。

为此我始终认为，如何与闺蜜的男友、前男友、未婚夫、老公、前夫、亲兄弟、小鲜肉等简称为"闺蜜的男人"相处，应该设置为一门学科，因为有不少多年姐妹情分就死在这上头。

至于入住闺蜜家穿什么，是其中一个小分支，需要分组讨论一下。这是一个令人困绕的问题，闺蜜小芬刚好从她在三亚的闺蜜家度假归来，我将这个问题抛给了她。

小芬苦笑了一下说："我带了两套睡衣去，分别是一套公仔图案的长袖、长裤套装，以及一件白色长袖套头及地睡裙。"

"你不热吗？"问了一句废话之后，我几乎可以想象，她披散着一头乌黑长发，穿着白色及地睡裙，半夜爬起来去洗手间，游魂一般地在人家客厅飘过的瘆人场景。敢在三亚40摄氏度高温的盛夏将自己打包成淘宝易碎品发货的亲，你说我是不得给她个好评？

入住已婚闺蜜家，能否创造二女一男相安无事的和谐场景，决定权其实不在于闺蜜穿了什么,而是该男是否动了觊觎之心。

不是有这样一个段子么,某女子的老公出差,于是她诚邀闺蜜来家里小住几日。待她家先生出差回来后,当晚欲与她亲热时,一不留神从枕头底下牵出一条T裤。二人相觑,应该是那位闺蜜留下的"到此一游"的物证。短短的一刻,该女子从自己老公的眼中看到了他脑补闺蜜穿上T裤是什么样子的风骚情景。

入住已婚闺蜜家穿什么,能够直接导致那位先生对自己女人身边的女人产生一系列联想。识趣的闺蜜自会不再登门,以免惹祸上身反被恶人先告状。碰到坐怀不乱的男人就形势大好了,你可以与他把酒言欢,赌球下注。

本人尚有至尊级闺蜜一枚,在她单身的岁月里家中常备我的睡裙一件,我的钥匙环上始终有她家的钥匙一片。那件睡裙之短,足以让她在我换睡裙时跑到阳台上晃一晃,为的是不被对面楼的邻居误以为我是她。现如今,她一不留神嫁入豪门,我便穿着一套多年前洗褪了色的长袖睡衣套装入住。

被指形如大妈之后,我得到了一件她网购的T恤裙一件。这是女人之间的情谊,你不惜自毁形象聊表忠心,我投桃报李以示信任。有了钻石级的交情和人品垫底,外加一个视自己女人的女人如手足的男人在中间,相信如果我指着她说:"呀,你们两口子穿情侣裤!"她定会得意地反驳:"是啊!怎么样,难道你也想来一条?"

我有一个朋友

"我有一个朋友……"似乎这样的开头,在走"从前有座山……"的过场,让听者的神经为之一振,无比憧憬着"后来……"。但凡这样开头的故事,"后来"从不让听众们失望——山里如果没有住着称之为奇葩的朋友,哪儿有脸占用大家时间往台面儿上提呢。

所幸,我真的有这样一位朋友。她最大的优点是从不记仇,说是优点不如说是天赋来的,她从不记得贱男之贱,渣男之渣,只会偶尔拿出他们身上那缕游丝般的好,放在胸口小心翼翼地摩挲一下。这一点,如我等之辈是强装不来的。

我的这位朋友,与普罗大众中的任何一个女子无二差别,只因她多了一些传奇的段子,使我在百无聊赖或心情不好的时候,更愿意约上三五好友,以她为主角聚上一聚。通常我们会喝上一点儿小酒,然后几个人在微醺中听她提及:"哎?我有没有跟你们说过……"

她跟我们说过的事情如下:多年前,她有一个异地恋的男友。他们打电话、发短信、网上聊天,跟所有异地恋的情侣一样竭尽所能地彼此想念,却也远水解不了近渴。有一回,她的男友来电话,不巧却被她的身边男性友人代为接听了。

讲到这里,她停顿下来,看着我的眼睛。我极力克制着自己没有一口把心从嗓子眼儿吐出来,迫不及待地问她:"后来呢?!"后来,她急中生智,向远在他乡的男友解释,这里是某间餐厅,自己把手机遗落在座位上,正好被服务员接到了。

另有一次,她踏上火车,打算去男友所在的城市探望他。漫长的旅途,少不了沿途的风景和另一双看风景的眼睛。另一双眼睛很快就跟她一样不甘寂寞地聊起天来。像斯德哥尔摩综合征一样,他们俨然在两天一夜的旅途中由一对陌生男女,成为彼此依赖、彼此照顾、无话不谈的友人,像是本来就要共赴一段私奔之旅。

"后来呢?"我当然是那个沉不住气的人。后来,当然是不了了之。

她可以像男人一样游刃有余于花丛间,也可以信手拈来足以让人信服的谎言。她从不拒绝生活中任何一个诱惑,又能淡妆落座在相亲男的对面,仿佛前尘往事仅是一张白纸。且不论其他,单是她这一段异地恋的此间插曲,就足以高潮迭起到令人终生提及。听她的故事,就像在听"从前有座山……",她的故事不敢恭维,我当成段子来听。

"对酒当歌,人生几何",假如你没有精彩的段子贡献,恰好又没有豪饮的酒量推动欢聚时的气氛,同时又不希望被朋友们冷落,那么这一次,请像我一样,优雅地起身借着去洗手间为由,像个爷们儿一样把单埋掉。至于我的朋友,她有她的故事,是奇葩,是传奇。

幕后关系

我跟小可曾有一次随团之旅。

大巴车在行进过程中,导游讲解着"鹿回头"的传说:很久以前,一位名叫阿黑的黎族青年,为了给母亲治病,上山寻找鹿茸。他看见前方出现一只美丽的梅花鹿,于是准备举箭射杀,不料花鹿轻盈地逃脱了。于是阿黑对梅花鹿穷追不舍,一直跑了九天九夜,翻过了九十九座山追到了三亚湾南边的珊瑚崖上。梅花鹿面对浩瀚的南海,前无去路,于是转过身来,化身为一位美丽少女,与阿黑含情对望,于是他们结为夫妻,从此幸福地生活在一起。

传说讲毕,大巴车上小可的声音脆生生响起:他不给他妈治病了吗?

这个……我不忍告诉她,传说是经不得推敲的,它的责任是美丽和传奇,而不是真实与合理。就好比旅行这件事,我只敢带着身份证和未知出发,从不敢奢望奇遇和艳遇。

有时候,你向往一个地方,完全是受另一个人的影响。因为他说喜欢那里。为什么喜欢那里?你便会跟着畅想——是啊,假如可以跟他一起生活在那里。请记住,一定要是生活在那里,而不是去那里旅行。前者是美丽传说式的结尾,后者则有可能因现实生变而成为伤心地。

我从未有过双人旅行。时常悲观地想,若是与恋爱之初的男伴,真担心跑到陌生的环境里经不起各种意见不和与突发状况的考验,未到归期就各奔东西，回来的火车票谁给报了？若是彼此深爱，自然不需要旅行啊，"在一起"便是蜜月；最怕的应该是彼此深爱却又不能在一起的情人携手旅行，从不同的地方奔赴同一个地方，或是佯装陌生人在同城机场候机，像明星防偷拍一样四处提防。直到关起陌生胜地的酒店房门，才敢卸下防备忘情相拥。我不免要问：这究竟是双人旅行还是亡命天涯？

我爱带着生来敏锐的神经，打量着"鹿回头"行程中的每一对爱侣，分辨着他们的幕后关系。

有兴同游的夫妻，举手投足间透着一股有年份的默契。他们热衷于参与众人的谈话，热衷于帮助其他人。最简单的评判标准是，他们的存在可以忽略不计，因为不令人生疑。

恋人之间话很多，谈论这个那个，这里那里，在任何公开场合下如同连体。众人不免尴尬，却又习惯成自然。

情人同游，最为低调。他们对彼此没有任何称呼，所到每一处景致都手拉手，不聒噪，把爱意放在眼底，只希望成为不惹眼的一对。他们通常比老夫老妻要年轻，又比年轻的情侣年长。如果他们拍很多合影，必然是有一方单身、未婚或者离异，方便保存照片。他们讲话的声音很低，无形中构筑起小世界。他们不会带大包小包的旅行纪念品，本身即是隐秘之旅，最怕留下痕迹回去授人以柄。

尽管住在一起，却难以掩示彼此间的疏离；关系像是冷战后刚刚恢复的情侣，只是过于安静或是恩爱；衣食住行都在一起，却又不够亲密默契；机票来自不同城市，结束后飞回各自的城市；他们用很多的时间交流，话题却几乎不涉及第三个人；他们几乎不参加任何自费项目，因为不便算钱——他们是网友。

人生就像一场旅行，不在乎目的地是哪里，而是你的团友都是什么关系。他们在桥上看风景，看风景的人在楼上看他们，这就是旅行的意义。

老男人饭局

这一趴,我要说的是老男人饭局。

多大年纪的男人才够格称之为老?我开出的底价是五十岁,诸位可以松一口气了。为何要独自前往三缺一的老男人饭局?答案是,吃得太好了。究竟有多好?我跟你这么说吧,"光盘行动"之后,以往位置闹中取静,有专门保安戴着白手套将莅临贵宾车牌套上,结账时不接受现金也不可以刷卡,只能使用VIP储值卡的海参馆,现如今生意惨淡得不比卖酸辣粉的路边摊了。

老男人与大爷、大叔还不一样,高富帅上了年纪叫大叔,屌丝上了年纪叫大爷,玩摇滚的上了年纪叫老炮。老男人则有派头,要么位高权重,要么曾经位高权重,喜欢谈论政治,不会使用手机里的"联系人"功能,触屏手机伸手就划拉到一大片,但是谈及国家领导的行踪和钓鱼岛的主权问题就轻车熟路多了。

饭局的开篇是这样开始的,三位老男人推门下车,粗略商量一下,由谁的司机打开后备厢取出自带的酒水和茶叶,最终入选的是一瓶大曲酱香型白酒的鼻祖和一盒年度新茶。然后彼此礼让数个回合之后,鱼贯走入电梯。请记住,二楼也是一定要使用电梯的,这就意味着从进入酒店大堂到走出二楼电梯,彼此之间要礼让三次,加起来的时间足够令受低血糖困扰时恨不得吞下一头牛的人眼前发黑。

饭局正式开始前是不能入席的，要先落座于休闲区，站在沙发和水果之间再次隆重相互介绍一下：这位是某级领导，市内某知名项目的负责人；这位是某区警界要员，以后在某方面有需要尽管打个电话；这位是某地产开发商某总，在海南新开发一个项目。最后一个被引荐的，自然是已经饿得发慌仍故作淑女的人，既没有显赫的官职，更别提什么拿得出手的项目，唯一的亮点就是未婚，勉强被冠上"美女作家"的头衔，心里已暗骂一万遍"为何还不上菜"的民女了。

一席价格令人咋舌的晚宴，配上政治、项目，以及高档见闻之类的话题，岂是我辈插得上话的，唯一能做的就是在举杯时不输人的酒量和斯文的吃相。当然，老男人们也会时不时关切地问一句："丫头今年多大啦？"口吻像极了，小鬼，哪年参军的呀？待我报上芳龄之后，最高领导人才会流露出大叔的一面，也就是礼貌性地惊呼一下："真的看不出来啊，你都吃什么好东西了？"我只好一边用台布遮住大嚼特嚼的嘴，迫不及待地咽下后，回皇上："只有今天吃得最好了。"

救兵是在欢唱环节赶到的小可，因区区小事为几位老总效劳过，而得此隆重的答谢，还不忘拉上我一同蹭吃蹭喝。老男人K歌的确不同凡响，许是为了与他们的情怀保持高度一致，于是已点歌曲的列队彰显出一场民歌与美声交相辉映的阵容，《红星照我去战斗》《北国之春》《乌苏里船歌》……我跟小可见状，只好默默地将自己点的流行歌曲删掉，重又换上一批《夜来香》《我只在乎你》，以迎合老总们的歌路。

参加老男人饭局也不是没有收获。除了吃得好，重温了一下经典红歌之外，警界要员还在邀我共舞时给我介绍了一份工作。他的意思是，像你这样能唱会跳，酒量不错，说话讨喜，反应又快的姑娘，特别适合从事一个职业。我心里想，该不会是昼伏夜出的那种体力活儿吧。还好人家说，是"线人"。《无间道》看多了，只记得"出来混，迟早是要还的"。"当线人年薪多少？"要员一笑："哪有钱啊！"我旋即失业了。

散场回家的路上,与我并排坐在后座的小可终于凌乱了:"我新学的歌一首也没轮上!"

我回她:"罢了,原也不是为了唱歌来的,吃得好不等于唱得好,这不正是天机算不尽,交织悲与欢嘛。"

朋友圈隐私直播事件

向空中抛出这样一个暗骚涌动的标题之后,大有一种内容可以不写了的冲动。可如果你有"只吃一只烤鸭的左腿"的这等高级癖好,我庆幸手里仍有征服咸湿人群的猛料。

我总是向往能有一趟私密的旅程,某人为我订好没有返程的机票,搭夜班机朝着一个陌生的上空飞去。仅是这样看似简单的小事,就会引来某些人会心一笑,以及另外站在我背后的众人垂涎意淫。文艺一点的情节,自然是共饮一瓶红酒,抽完最后一支烟,轻微目眩。

可惜文艺的情节总是用来逢迎王家卫的粉丝,生活中的狗血剧情才属于你我这等苦逼男女。最美的风景,无疑出现在一个女人奔向她所期待的那个男人的旅程。如果你有这样的旅程,建议好生珍惜眼前风景,因为回来尽管是同一个行程,却有可能目光所及之处,处处碍眼了。

上一周的快乐是,请恕在下无德用了"快乐"二字,我与几个小伙伴共同关注一位尚算认识的朋友私密之旅的微信直播。在小可充当介绍人的情况下,那位女嘉宾飞往另一个城市与素未谋面、仅通过微信"相爱"数天的男嘉宾会面。在此之前,她每天都用数条微博进行刷屏式晾晒恩爱,大有只差还没见面之憾。

终于,恋爱中的女嘉宾熬不住了,自行支付了往返机票奔向爱人的怀抱,男嘉宾负责订酒店,充当地陪。她快乐,她雀跃,她向全世界昭告这次甜蜜之旅即将换来日后嫁得良人。给予评论者送上惊叹和祝福，我和小可等人则私底下捏一把汗。

事态每天都有新进展，从落地开机到见光死，男人中了美人相机的毒，女人受不了男人失望的眼神。预计四天的行程提前两天结束，女嘉宾拉着箱子光荣返城。此间穿插的广告是，男女嘉宾分别找小可诉苦，说法却高度不一致。男的说女人太矫情，还没见面就要求他与她穿情侣装来接机；女的说男人太小气，生怕陪她逛街花钱，只肯带她爬山、划船；男的说女人喜怒无常，稍有不满就大发脾气；女的说男人品位太差，衣着打扮土到掉渣……

甜蜜之旅恶化为绝情之旅，男女嘉宾指桑骂槐地痛发几条消息在朋友圈之后，彼此拉黑。留下介绍人孤苦伶仃地站在中间，立誓从此再不干这介绍之事。明白了真相的围观群众兀自散去，共同总结出一条道理：所谓私生活，一定要够私才行，全程直播是条不归路，断了自己打掉牙往肚子里吞的优雅后路。

并且，不在分手之后互相补刀，才是我能给你最后的温柔。

天花板上的瘦身镜

每个女人都有很多独门瘦身妙计,就像那些生儿子的偏方一样,管它好用与否,试了再说。我听闻的最省钱省力省时间的方法,叫作"意念减肥法",听起来有多不靠谱儿,执行起来就有多么难以服众,也就是吃喝照常,饮酒作乐,不必运动,只要每天在脑海里像念经一样地重复着"我瘦了我瘦了我瘦了……"成千上万遍,再踏到体重秤上一量,天哪!怎么好像胖了八两?

这就是真相,体重就像成品油的价格,总是成公斤地涨,成毫克地降。

不过还有一个看起来很绕路、实际上真的超级管用的减肥方法,在此免费发放。请注意,同样省钱省力省时间。在此感谢小可同学的言传身教。话说这个减肥产品是一张会员卡,非常精美别致的一张会员卡,上面印着本地一家地中海风格的时尚酒店的名字。

我捏着这张薄薄的卡片,看着眼前瘦身成功的小可,狐疑地问:"除了蓝白色调的装修风格和纱帘拱门之外,这里的床该不会是限重吧?""怎么可能!"小可夺回卡片塞回钱包的暗格里,"床不怕超重,几个人都OK,只是床上方的天花板是镜子做的……"

必须承认,比开灯更考验勇气的行为是对着镜子给自己的身材打分。女人的关注点,尤其对于缺陷与不足的关注点,向来习惯于放在自身,也就是说，只要迎面走来的路人没有夸张的缺陷，那么我们通常会注意到自身不具备而对方具备的优势上。可如果对面的女人是自己，她的粗腰、象腿、蝴蝶袖扑面而来，恐怕只会萌生出要么盖被子，要么换姿势的想法，哪还有闲心在意旁边这个男人？

面对着这样一面如同出现在丁度·巴拉斯香艳荒诞的电影里的镜子，对应出现的女人应该是头发蓬松散乱，腰身比例黄金，大腿修长，小腿位高，胸挺臀翘，加上灯光的配合，皮肤比平时要白两个色号。听起来常人很难做到，眼神迷离、面若桃花可以作假，可身上多出来的肉怎么办？要么拿丝巾蒙上对方的眼睛假装玩点儿刺激的，要么只好咬牙发狠回去减掉。至于镜子里那个男人的高矮胖瘦，不好意思，女人对镜子的专一体现在目光仅能锁定自己，让别人满意显然是不够的，过了自己的这一关才算松了一口气。

感谢酒店天花板上的镜子吧，它像一个公平公开公正的体重秤，任你是穿搭女王，街拍多有型都帮不上忙；它也像一个安全无码的DV，现场直播不必担心不雅照外泄。想来也只有这面没有美图功能的镜子不会说谎了，若你胆敢拖着一身肥肉上床，对着天花板问："镜子镜子，这个世界上谁最美丽？"它一定会按下播放键，送你一首歌《可惜不是你》！

完美情史

相信每一个行走在单身江湖的男女，都曾被问及这样一个问题：你，到底谈过几段恋爱？站在这个深渊面前，不忍往里看。回答这样的问题需要经过缜密的自我分析，像结绳记事一样细数每一段关系，将其一一分类。

我就曾被小可忧伤地问及，你说我跟他这几年能算作恋爱吗？

她跟他的那几年，真是有情无名，痛并孤独着。他只有两样东西给不了她，分别是婚姻和夜晚。她却越来越垂涎于自己得不到的。最后的最后，不由得质疑这份隐秘之情，是否可以算作一段值得公开言说的情史。

不算。我给了她想要的答案，因为我从她"真的吗"的回答中听出了饱含希望的语气。我们应该庆幸自己有这样一个权利——你愿意给哪个男人名分，给他戴上"前男友"的皇冠，在回答他人提问"你谈过几个男朋友"时，点上一根烟，痛说革命情史。

究竟有几段比较合适呢？这要因年纪而异。大学时谈过一段恋爱，像一道水果沙拉，起码看上去美好又不至于发胖，作为一段情史的开场高端大气上档次，纯洁无瑕好凑数。

有过几年异地恋，在情史排名当中也颇受好评。异地恋分别传递出几种信息：我是一个能够享受精神恋爱的人，我是一个能够为爱独守空房的人，我虽然有男友但多数情况是鞭长莫及点到即止，我不是一个随便牺牲自我和生活的人，我同样是败给距离的大多数人，我就是这么独立又合群。

此段要点是，异地恋也好，异国恋也罢，问题要牢牢锁定距离问题，而不是人种。我的一位学经济学的异性友人，曾经兴奋地跟我说："你知道吗？西班牙现在经济危机，流行以物换物！"我听闻之后，精神为之一振，问他："可以跟咱们国家换吗？"他说："这倒不清楚，跟咱们国家换什么呢？"我说："可以拿一批咱们国家的男人，去换一批西班牙的男人回来啊！"他很气愤："你这想法太狠了吧？"我便安抚他："你看你们，踢球不行，出国不好吗？"他颓然地说："我们……去国外，不是更不行吗。"

所以说，你的那位异地恋对象，不论人在广东还是中东，他都得是中国人。要知道亚洲以外的人种，给国产男人带来的自卑感，足以让他无法专心听你未完待续的情史。

接下来，你的空窗期不宜太久。单身超过半年时间，总会令人生出各种疑问。爱过已婚男人的情史也要在心里用红线划掉，爱错人不是什么丢人的事，说出来才是情商低。

最精彩的是，情史不是罗曼史，倘若每段恋情都是郎情妾意，"我还好，你也保重"，又为何均以不得善终收场呢？最好杜撰一段狗血淋漓的剧情以满足听众胃口，也能将自己置身于一个虽有故事但小有悲情的角色里。比如，婚前发现男友与女上司有染、某女要挟他奉子成婚坏了你们的好事……这样一来，既能给自己腾出个三两年时间疗伤，又能愉快地结束这个让人糟心的话题——事以至此，哪位听者还忍心问："后来呢？"

后来，所有的所有都可以用四个字作为总结陈词，那就是："谈过，没成。"

有些"好人"你永远不必等

你身边是否有一个或几个这样的"好人",他们长年持有来自社会各界颁发的"好人卡"。每次分手,女友都以"但是你是一个好人"作为收场对白。他们不高也不帅,但长相耐看脾气超赞。你喝挂了时,他没有乘人之危;你没钱时,他伸出援手。尽管在长达数年的朋友关系里,你们之间没发生半点暧昧之事,你也从未对自己的魅力生疑,只因你心里清楚,他真的只是好朋友的最佳人选。

我身边曾有这样的"好人"一枚。

他的壮举如下,最痛恨陪女人逛街,却能长途跋涉地陪人买鞋。我一手擎着一只高跟鞋,问他觉得哪个颜色好?他指着蓝色那只说,当然是这个,这还用问吗?你脑子被驴踢过吧?我默默地转身,更加确定了正确答案,付款要了那双米白色的。

我的电脑无缘无故地无法开机,他半夜打车绕了半个城市来到我家,带齐了正版系统盘和杀毒软件,最后发现是插排坏掉了。

他去日本出差之前留言给我。我立即打电话过去叮嘱,千万千万不要给我带好吃的呀!懂我如他,在电话里轻薄一笑:"说吧,都有什么特别不想吃的?"

有一回看电影,因我坚持抵制《小时代》,他无奈陪我又看了一遍《富春山居图》。事后被我当众数落:"看过你为什么不早说!"买电影票时，因为我长年空窗导致对院线行情相对陌生，听到票价 120 元一张时，拒绝看电影，只想要回自己那份电影票钱。无奈之下，他到旁边现场办了一张招商银行信用卡，只为赠送两张电影票，结果在《富春山居图》上打了水漂。

看电影之前，约好下午三点在影院门口见，结果两点半时收到"好人"短信："我到了，你随意。"我只好临阵改变地铁路线，打车前来。见面后又给他一番当众数落："说好三点见面，你凭什么提前这么早啊！你不知道约会过早抵达会给对方带来紧迫感吗？""好人"一脸无辜地解释："我生怕迟到才提前从公司溜出来，晚几分钟被你骂多犯不上，可是我哪承想，早到也是挨一顿骂，人生真他妈无常！"

人生可不是无常，就在上个星期的某天，凌晨两点接到"好人"短信："明天我结婚，你有空来吗？"我本是迷蒙之中看了一眼短信，结果精神到天明。打电话过去没好气地追问："你明天结婚，今天通知我？"他说："本想明天通知你，怕你档期太满抽不开身。"我自然心里五味杂陈，你凭什么结婚啊！从没听你提过有女朋友！他说："你不是说过，对一个女人最大的不尊重，就是当着她的面提起另一个女人吗？"

我败了。有些人败给时间，有些人败给金钱，我败给了自己高高在上的姿态里。直到他坦言，其实我也没有把握，只是觉得她是一个合适的结婚人选，我的心情才有稍许平静。总是要听到别人对幸福没有把握才平静吗？也许只是希望他在被爱，而他却没那么爱。

我去参加婚礼，打扮得无比有心机，只欠露出股沟和事业线。原来"好人"穿上西装如此惊艳，这是那个在电话里点一根烟，被我训斥跟我通电话不许抽烟时，替自己解围的他吗？我想奉上红包时说：记得我结婚时双倍返还，话到嘴边却成了："新娘好漂亮。"

心情暴戾地在回家路上打电话给小可，被反问如下问题：你爱过他吗？你考虑过吗？如果他没有结婚，你愿意马上嫁给他吗？我给出的答案是一致的，可那一刻感觉是，他从未真正属于过我，我却永远失去了他。

真心话才是大冒险

你有没有发觉,很多问题的正确答案并非真实答案。比如有人问你,想我了吗?正确的答案当然是,想了。不想撒谎的人往往选择比较分散注意力的回答:不想能你给打电话吗?这话其实是在安抚自己:我的意思是"想起你来了",所以打个电话。

我有一个很老实的朋友,本着老实人敢说实话的理论,多年来我经常向他求证一些困扰于心的问题。可是最近这段时间,他好像变得狡猾了。

我问他:"你觉得这个包漂亮吗?"

他看一了眼说:"漂亮。"

"那上次拿的那个呢?"其实自己都不记得上次拿的是哪一个了。

结果他立即回答:"漂亮。"

"哪个更漂亮?"我闪电追击。

"都漂亮!"

"只能说一个。"我威逼。

"都漂亮就是都漂亮,没法说一个!"他有点急了。

我心中暗喜,仍不放弃:"那你猜我最喜欢哪个?"

"最喜欢新买的。"他眺望远山,平静收官。

我诧异,刚才发生了什么事?他怎么可能在极速问答中,回答得天衣无缝？再问，方得知，原来老实人恋爱了，并且在真心话大冒险似的男女交往中，在回答女友诸如"我胖了吗""我梳中分好看还是偏分好看""我素颜出门还是化妆"之类的问题中，栽得头破血流，最后百炼成钢，自学成才了。

他给我讲述了这样一条定律：夸赞女人的时候，光能昧着良心是远远不够的，还需要目光直视绝不闪躲，回答问题速度要快，态度斩钉截铁，被试探冤枉时小有气急败坏——出门前，她拎着两件衣服轮番比在自己身前，问你哪个好？必须回答"都好"。她若敢再三逼问，就把左等右等出不去门的怨气撒出来，怒吼道："本来就各有各的好！"相信你即便为此摔门而去，她也会随便套上一件追出门："宝贝，等等我……"

完了，我手里最老实的一个朋友变异了，而且显然是大器晚成。值得从中受益的是，我们也应该培养自己这样一种美德，给对方他最想要的答案。实在说不出口，就顾左右而言他吧。

看到这里，会有人叹息，有必要这样累吗？有，如果性价比够高的话。男人对女人违心的夸赞，能避免一场小型战争；女人对男人的善意谎言，能提升自己在对方心中的魅力指数。你自我牺牲地坦诚相告，殊不知又有几个人对真心话感兴趣呢？最残酷的答案早就埋藏在自己的心中了，我们需要的只是通过另一个人的嘴喝退内心的真相罢了。

恋爱中的老实人业已成精，我此后的人生，该向谁去索求真心话呢？

输在对的姿态里

最近发生了三起灾难事件。

一位先生打了一宿麻将,早晨回到家后与太太发生了冲突,由争吵升级为大规模家庭军事演习,误伤了 iPhone6。太太提出离婚,先生摔门而去。

他去找多年来像哥们儿一样存在的异性知己。知己告诉他,你不可以夜不归宿,即便你只是在对门邻居家跟一个直男打一宿游戏。每晚十点之前进家门换鞋,有着多重的正面意义:我应酬了,但婉拒了下半场情色活动;我喝多了,但我用仅存的清醒和理智摸对了家门;我加班了,但再忙也不想更晚回来打扰家人休息;我可能在外面有小暧昧,但家庭永远是第一位的,仙女和妖女都撼动不了我按时回家的底线。

至于老婆对夜不归宿的理解,差不多也就是有第一次就有第二次;知道其实没什么,自己仍会克制不住胡思乱想;拖住你不回家的朋友没一个好东西。

第二件灾难事件,如果被中国导演拍成电影,名字通常会叫《灾难事件2》。它不仅是由第一件灾难事件引发的次生灾难,特点在于,果然很二。

修好了手机的这位先生,再次陷入了第二次家庭大战当中,该次大战的导火索是关于信任的问题。太太无意中得知了,先生会把生活中和工作中遇到的倒霉事件跟一位异性友人分享。他们会不定期地吃个饭，喝点酒，并且沿袭多年。太太对他们的男女关系提出质疑，坚信男女之间没有纯粹友情的同时，不解于为什么这个角色不能由自己兼职饰演？难得先生有这样一段关系，令他不怕影子歪，不怕鬼叫门，自然是理直气壮，据理力争。火上浇油的结果是，太太再度提出离婚，先生再度摔门而去。

他唯一的求助对象，仍是这位异性知己。知己告诉他，夫妻也好，情人也罢，很多结果的输赢并不在于对与错，而是在姿态里。在打麻将事件上，你原本可以认错，保证只此一次，下不为例，便可息事宁人，结果却仗着自己没做对不起她的事，反而像见义勇为被误认为是肇事司机一样慷慨激昂。与异性朋友的关系问题，另一半最在意的未必是你们的清白或是暧昧。清白，在于她是否愿意相信；暧昧，在于她是否证据在握。你，居然敢站出来为了维护这个女人而与她为敌，这才是最致命的姿态。

已婚男人如何能拥有自由的同时又得到信任，实在是一件考验情商的事情。真被困住夜不归宿，就每隔一小时给太太打个电话吧，打到她被甜蜜冲昏头脑地睡去。想要家庭江山稳定，又不失去多年闺蜜，完全可以做出一种，我是有红颜知己一枚，但是婚后已然疏于联系。因为你发现，除了妻子，没有什么女人是无可取代的。至于你们究竟怎么联系，相信你的另一半已懒得过问了。

可惜我的这位男闺蜜实在是星座太弱。我只是担心——当他们再次爆发第三次家庭大战时，他该找谁去诉苦呢？

谁搭了那些深夜的士

有朋自远方来，打包了一份麻辣小龙虾，飞机晚点深夜抵达。我飞奔上路伸手拦车，让司机看了一眼百度地图后，直奔她入住的酒店。一路无话，直到等红灯时已看到前面不远处的酒店招牌，司机终于忍不住开口问我："你是去见微友吗？"

微友？必是微信好友的简称，可惜我的这位是微时好友。秉承着我向来不喜欢令人失望的美德，只好一脸笑意地回答他，是呀！继而带着一丝愠怒开始分析，他凭什么认定我是去见微友的？！

司机许是没料到我如此直接，语气中带着歉意地嘱咐："那你可要小心啊。""小心什么？"我问他。"不是有很多报道说，微信上认识的人见面后被人家劫了钱财，又不好意思报警吗。"我在想，他为何只说财不说色呢？

城市的夜晚隐私密布。有人喝得烂醉推开车门，有人万圣节在街边烧纸，有人手持房卡疾步上楼，有人微信里捡到漂流瓶听到一阵喘息。疯狂而萧瑟的午夜，再没有什么风景比一个妩媚女子站在街边拦的士更令人浮想联翩了。

夜色的功能不亚于美图神器，令人自信心爆棚。小可最爱的就是突然约会，时间来不及就只洗一下齐刘海，拎着一只敞开口的包包在房间里四处乱窜，钱包、手机、充电器、钥匙、香水、口香糖——必备用品口诀背得熟练到就像上下联一样。然后,她轻轻地带上房门出去,踏进无人的电梯,走在小区寂静的路上,心情雀跃地听着高跟鞋哒哒哒地回响,在门口保安一路尾随的目光中伸手拦车。

　　有一次小可的突然约会却令她差点崩溃。一次,前男友突然到她所在的城市造访,深夜微信聊天,软磨硬泡地让她过去。她想过去,又想多享受一会儿甜言蜜语的攻势,最后不知哪来的灵感,想给人家一个惊喜,于是一边做着准备工作,一边在拉锯战了半个多小时之后说:"早点睡,晚安。"

　　接着小可拦到了深夜的的士,一路都在用来想象,他打开门时惊喜的目光,他赤裸上身的慵懒模样,他……他住在排名第一的快捷连锁酒店609号房。小可站定,心如撞鹿,吐掉口香糖按响门铃。少时,里面传出男低音:"谁啊?""服务员。"

　　门被打开了,他目光惊诧,他赤裸上身,他的一切表现都在小可预料当中,只是剧情有变,他的身后走过来一位裹着浴巾、面带好奇的陌生女子……

　　究竟是该谁问"她是谁"都不重要了,这是一个不宜深夜玩惊喜的年代。没有人会一直等你,招之即来挥之即去的永远只是在寂寥午夜听着收音机的的士司机。

隐形的戒指

双十一有两趴狂欢，一个是烧钱，一个是烧情。白天对着电脑把加入购物车的东西清算付款已经够累了，晚上若不出去参加一些同城单身聚会看看热闹，岂不枉费了自己的光棍儿身份。

万圣节虽然已过，但是放眼望去，戴着面具来参加单身聚会的人还真不少——只是这些人戴的既不是V字仇杀队面具，也不是威尼斯人羽毛面具，而是一张隐形的伪单身面具。

他们倒不是始终活在隐婚的状态里，只是逮到不错的机会冒充一下单身或是离异人士，出来找点乐子。虽然把自己为人夫、为人父的身份按下不表，怎奈平日里对自己又不够严苛，婚内发福走样的身材已然泄露了天机。试问哪位单身男士敢于这般自暴自弃？

"快看你右边的男人，手长得多美。"小可压低声音说。我顺势转头看过去，那只与我距离不超过20厘米的左手，的确能让人联想到李云迪，可惜无名指上留下了一圈略白于手部肤色的痕迹。

当手的主人端起杯子报以点头微笑算是打招呼时，我极其失礼地问道："您刚离婚吗？"他一头雾水地看着我："怎么这么问？""噢，那应该是刚刚在家里和面，出门忘记戴婚戒了吧？"他的表情僵在那里，缓缓地把左手收到桌下，全无刚才举杯时的神采。那种感觉，请允许我浪费笔墨再次形容一下，就好像坐着太空梭冲入云霄，中途却出现什么故障，安全座椅瞬间降回原地，人却留在了空中一样。

聚会的组织者——介绍来宾时，我身边的位置空了。这位号称陪朋友一同来怀念自己单身岁月的已婚先生，应该是出去接另一半的查岗电话了。

"早知道就不带你来了。"小可沮丧地抱怨。

我也不想当扫兴小姐，怎奈自己每到男女扎堆儿的场合都像开了天眼一样。实在不敢深究此时在座的二三十个单身男女当中，还有多少赝品，在被问及"你结婚了吗"的时候却回答"我一个人"。

由此说来，如果有人问"你结婚了吗"，回答方式一定要慎重。尤其是在漫长的飞行途中，这个最容易让人一联想到空难就迫切地需要一个肩膀的地方。已婚先生与妙龄女郎相邻而座，他们有大把的时间可以聊聊电影和人生，或是像邓文迪当年一样为自己谋个好前程。可是他无名指上的戒指，恐怕只会让一个三观未碎的姑娘放下座椅靠背睡得人事不省。

戴着隐形戒指的人比比皆是，你以为只要自己不说就不会有人知道，细细思量总还是有迹可寻。比方说，某人从不带你参加他的聚会，那是因为担心朋友泄露了底细；某人拒绝开车接送你下班，那是因为他担心路上被认出车牌，里面长年载着一位陌生美女。如果他曾经跟你说过"我真的很爱你，答应我，不管将来发生什么事，你一定不要恨我好不好"，那么多半他是有家室。

聚会终于进入了最扣人心弦的环节：单身派对现场速配成功的男女，可以自行携手离开。余下的单身姑娘从主持人手里的空酒杯中抽取一张写着单身男士名字的纸条，由这位先生请她看一场午夜场电影。

当我念出纸条上名字的那一刻起，我的电影就已经散场了，因为那位戴着隐形戒指出门接电话的美手先生，再没回来过。

离婚见真情

岁末年底,商家喜欢清仓,平民喜欢清账。那些让人犯难的旧衣服和滥关系,就像摊在案板上的花边肥肉,直想一刀下去剁成肉泥甩在垃圾桶里。

同学聚会上聊及彼此近况,你猜最忙的人是谁?是那位在民政局工作的女同学,她提供的信息给聚会掀起了一个小高潮,"每到年底,离婚的人就排长队。"大家纷纷探讨,年底离婚到底有哪些好处。

有人说,相较每年要奔波两地应付双方父母家的亲属,财力、精力立等减半;有人说,年底应酬聚会扎堆儿,这可是结交新欢的天赐良机啊;有人说,恶性的婚姻关系年底切除,说出去少一年婚龄多好听啊;有人说,此时离婚有助于心理康复,春节长假人多热闹不至于家里空落;有人说,年后上班,同事之间相互炫耀,谁添置了名牌,谁减肥成功,说来都不及"我离婚了"抢占头条……

你说呢?

像击鼓传花一样,花传到了我手上。我想,对于一些有文艺情怀的人而言,他们需要的是一个形式上的辞旧迎新。

比如今天聚会没有到场的一个有着离婚故事的女同学,她正忙着四处找房子搬出去。我问她:"要不先来我家住?"她凄凉地一笑:"我总不能带着父母去你家住吧?"我说:"要不白天把孩子送来我帮你看?"

她说:"以后我都不用看孩子了。""他不是最怕管孩子吗?"我不解。她说:"那不重要,重要的是只要对我是折磨。""房子不是你买的吗?"我突然想起来。"是啊,这就是离婚的代价。"她说。

彼此对着电话,隔空沉默。

我多希望电话的那一端是天后,离开姐夫,还有追风少年,没有男人,还可以安安静静地做高中女生,离婚只会把她推向更高更强;或者是卡米拉,只要自己活得好活得久,终会守得云开见月明。

可惜不是,女同学因为恨嫁而嫁,对婚姻失望之余抱着一线"或许有了孩子,他能有责任感"的一线生机当了妈妈。结果,她押错了宝,孩子要上幼儿园、小学、中学、大学……她赌不起自己那浮云般的另一半会在哪个人生阶段升腾起对家庭的责任感,给他们名存实亡的婚姻降一场甘露。

去,意味着失去孩子,净身出户;留,没有钱,没有爱,没有交流,也没有欲望。写到这儿,我真想下楼替她买三尺白绫或一包毒药,包括帮她做不在场证明的伪供词……假如结婚能从离婚开始该有多好,我们先从水晶球里看到这个人离婚时的嘴脸,再决定要不要交换戒指。

聚会的氛围依旧热闹非凡,年底离婚的话题业已翻篇儿。单身的女同学兴奋地说在婚恋网上看到了已婚男同事的照片和资料上写着"未婚";每隔一段时间就跟老婆视频聊天汇报行踪的男同学,醉眼蒙眬地把胳膊搭在一个离异的哥们儿肩上,一脸诚意地告白"你不知道我有多羡慕你";看到来电显示是"孩子班主任"就欲哭无泪的女同学端着酒杯摇摇晃晃地站起来,说:"你们就找个离了婚、孩子大了的人结吧,千万别要孩子,少活十年啊!"尔后虞姬自刎般的一饮而尽。

我们总是对于在适当的年龄做了人生正确选择的人投去羡慕的眼光,而他们也只会在酒后的老友聚会上坦露出各有各的苦衷。

还是不要去羡慕别人的生活了吧,微信圈子里的幸与不幸,说白了,不过就是照片拍得好坏之差而已。

自然美等同于安乐死

白天的"空间美学"课上,我只在本子上记下了男老师说的这样一句话:自从有了美颜相机之后,我记不住任何一位美女的脸,圈子里的相册清一色的四十五度角自拍,美瞳眼睛尖下巴,磨皮美白瘦脸瘦身,简直就是零成本的自我整容。

我悄然地把手机拿到桌下,用以上功能检验一张照片,居然看清了暹罗猫的五官。科技果然强大,假如可以活在照片里,下一场商界大战决不是实体店投诉淘宝天猫,而是化妆品行业控告美图软件。

当晚,我的一位好友,身在微胖界,属于热衷于减肥但屡战屡败的达人,在微信里发来一个问题:亲爱的,如果有一个男人给你一拉杆箱现金,你愿意吗?

我愿意吗?是人都愿意吧?有人主动给钱,谁会不愿意呢?除非他是要我帮忙把这一拉杆箱钱拖到银行换成硬币。"哎呀不是啦!"她说,"当然是……"当然是什么,我大概还是想得清楚的,这个就要看对方是什么来头的人了。我问她:"如果是L先生呢?"L先生自然是胖达人交往过的最为不耻的一位前任,她甚至不愿给他这个"前任"的名分。"如果是他,坚决不行!"她想必是料定了我会这样问,亦是在心里盘算过之后挥剑斩断了这个名字。总之,答得像自动回复一样快。

点开胖达人的微信相册,每一张照片都修得恰到好处而不失真,只是放大了再看,有一张凭栏远望的照片,显然在瘦身环节用力过猛,只顾着把身材"拉"瘦,却忽视了连带着变弯的栏杆。

这张照片迷惑了谁?胖达人说,对方是一位与她父亲同龄的有钱人,究竟有多少钱尚不知晓,开出的条件是她做他的"女朋友",他提供给她优渥的生活。"那么,你本人比照片要大两个码,他知道吗?"胖达人说:"他喜欢丰满的女人。"我说:"那是因为照片上的你算不上胖,就像你明知道一个男人打算送你一部跑车作为生日礼物,却假装在商场里挑了一瓶香水一样。"晒完美图后的照片说自己只是上相,透露完罩杯的尺码再说自己很胖,只会被对方视为自谦之词,非但达不到铺垫的作用,反而只会激发他的想象,大不了赌一次——自己约出来的人,含着泪也要把饭吃完。

一拉杆箱的钱,自然有一拉杆箱的花法。有人在买彩票的时候就已经计划好了税后如何分配,A 是血型也是胸型,美颜相机终究是一个虚拟的世界,满足了我们"遇见更美的自己"的假想,输掉的却是不瘦则死的决然。

素颜出门需要的不是美貌而是勇气,如多数中等姿色之辈,假如有朝一日混迹于妆容精致的女人堆儿里,我不确信她们能找到清水出芙蓉的感觉。那种需要现场从内心调整姿态,拼不过美貌与身材之后只有拿情操示人的自我安慰。就好像与世界名将站在百米起跑线上,既然知道不会胜出,只得佯装受伤赛前退场——自然美等同于安乐死。

"我该怎么办?"胖达人发来了流汗的表情说,"我不敢想象见面后他看到我的失望。"那就把风险降到最低吧,发给他两串数字,一个是体重,一个是银行账号。他若不离不弃,你再生死相依。

年底"认命趴"

咖啡馆里有很多一个人的身影，背着一只包，一手端着咖啡，一手擎着电脑，孤寂地寻找着一个理想的位子坐下来打发时间。我确定这帮人是来打发时间的，假装以学习、工作、阅读为由，聚集到一起心照不宣地打发着各自的寂寞，不承认也没有用。等人的人才不会随身带着笔记本电脑呢。他们只会像皇上批奏折一样专心地盯着手机，直到面前的咖啡冷掉。

找寻一个聚集着众多同类的场所其实是在寻找一种被认同感。当你从一本枯燥的书上抬起头来，发现书店四周或站或坐的都是聚精会神阅读的人，便会受到鼓舞一般继续翻下去；误打误撞地选择了烂片坐在电影院里，看到中途仍未有人离场或大声讲手机，你也只好忍着吐继续看下去……我们需要戒酒、戒烟、戒网、失恋、瘦身这样的协会组织，人世间再没有什么比同病相怜的关系更拉近人与人之间的距离。当然，工作仍需做得够细，细到像搏击、举重一样分出重量级。否则把一个急性阑尾炎患者的病床放在化疗区，想必对彼此都是一种折磨。

我打算在年底举办一个 Party，主题是"认命"。这一年下来，身边不乏一些与命运抗争的精英人士，到了年底终于体力不支地倒地。

头号嘉宾自然是胖达人，像神农试百草一样尝遍各种减肥方法，一年下来的体重变化肉眼根本无法识别。用她的话来说，减肥就像化妆一样，上完很美，卸了就没。

2号嘉宾是小可，她完全可以把一年下来的相亲经历写成一部《中国现代相亲史》，顺便把极品和奇葩两个概念的微妙区别用诸多事实进行举证，只欠为读者奉上一个大圆满的结局。

3号嘉宾是一位男士，他每次被一个兄弟（估且算是兄弟吧）叫出去喝酒，都落下买单的下场。对方不是以各种黯然神伤的心情约他出来，就是在结账的当口来上一句"又让你破费了"。这位心肠软又好面子的男士，只要看到对方那副活不起的屌丝样和那句催他掏钱的潜台词，他就不忍心地掏出钱，买了单。他每次跟我抱怨这件事时，都看得出不是心疼钱，而是痛恨为何管不住自己的手贱。每一次，我虽然猜不出他的开始，都能猜中这结局。

我就是寂寞，我瘦不下来，我嫁不出去，我只能买单，我天生的绿茶……每个人的身上都贴着一个"认命"的入场牌，场面该是多有爱！我们为何不站在旧历年的尾牙像无赖一样地认命呢？之后再像穿上衣服一样重拾自信憧憬新的一年。

"认命趴"的举办地点，不如就定在这间收录了一年寂寞和八卦的咖啡馆。当看到一个又一个同类因弯下腰寻找电源而露出T恤与牛仔裤之间的那一截白皙肥美的裸腰时，我决定把一侧的头发掖到耳后，起身走过去，在他们露肉的腰间"啪"地挥上一巴掌，待他们惊恐地转回头时，抱着肩膀问道："嘿，要不要参加年底'认命趴'？"

当相见不如梦见时

早晨开机，短信提示有一个号码在凌晨两点拨打过三次我的手机。未接来电者是一位桀骜的单身小姐，有多桀骜暂且不表，重点在于单身。不记得她一个人住第几年了，日子被切得细细的，发型和着装同样是细致的。工作自不必说，女人若没有经济基础撑腰，想要精美细致怕是镜花水月了。

因关系未到闺蜜的程度，她为何凌晨两点向我致电？想必是有重大事件需要我伸出援手。于是火速回拨，无人接听，我不由开始了一场头脑风暴。凌晨两点，可能发生的事情如下：宿醉而归忘带家里钥匙，找人借宿；与极品男友分道扬镳，找人吐槽；被人劫财劫色惊魂未定，找人拥抱……再有就是我最不希望也最不可能发生的事情，心脏病突发，120电话欠费停机。

桀骜小姐的来电铃声再次响起已是正午十分。她略带慵懒地向我讲述了来电原因："你还有X先生的名片吗？我与他失散两年，昨晚无比清晰地梦到他，醒来之后便再也睡不着了，想到他曾经的好，不知道现在的他身在何方，过得怎样，克制不住地想跟他恢复联系……"

我在这边长出了一口气后问道："现在还想找吗？"现在……她犹豫了。果然不出我的所料，过了最寂寞的毒发时间段，看着窗外的雾霾，无比真实地呼吸到PM2.5，感性的神经自转到了北半球，昨夜之事便如同发生在前世那么久。可惜为时已晚，连我这条下线都受其惊扰。可见桀骜小姐的寻人之网已经撒遍了两岸三地，所有知道 X 先生名字的人都翻遍了自己的通讯录、名片夹、博客链接、关注的人、泡过的论坛乃至小区楼下的垃圾桶。

接下来的事只有等，桀骜小姐在等，我也在等。等的结果再次印证了这样一条真理：只要不死就会再相见，只要肯等就会再出现。不出三日，我们一位共同的朋友，把"寻人启事"当作头等大事来做的热心师奶，像给儿子择校一样踏破铁鞋，呕心沥血地得到了 X 先生最新的手机号码，并且通过号码归属地确定了 X 先生与桀骜小姐在同城——我不由得为她骄傲，女人一旦当了妈，世间无难事。

失踪人士又回潮，后续事件就只有当事人才知道了。"最最遗憾的字：咫尺天涯；最悲伤的话：你还好吗？"我已无心追问他们听同一首歌的时候是在车里还是床上了。

有很多人仍在骄傲地信奉着，在意你的人不会让你找不到，更新号码不被通知的人表明无关紧要等信条。但是请不要忘记，还有一种近乎失传的偏执，叫作我知道我对你是多么微不足道，可我就是想在梦到你的时候，与你仅仅隔着一条短信的距离，至于那触手可及间的勇气和犹豫，都只是我一个人需要战胜的惊涛骇浪。

桀骜小姐再次踩着富有弹力的步伐出发了，她吃得好，穿得好，睡得好，只因内心充满了得偿所愿的自信，以及深知在这个被人又爱又恨的信息时代，没有什么人是你想找找不到。难的是，当相见不如梦见之后，需要在马背上放点什么东西，寓意即为"消失"。

他的两个女朋友

　　与一位新朋友共进午餐，对方是一位型格绅士。为了解决限号的问题，他有两部座驾；因为工作需要，他有两部手机；视场合不同，他的包里常年备着一包香烟和一支烟斗；没错，以上皆是铺垫，下一个环节，我要说的自然是这位有着双料喜好的男士，长年持有两位女朋友了。

　　从我打开车门起，的士司机就在电话里调情。过了一会儿，我的手机响起，讲了几句之后挂断。只听的士司机柔声对着电话解释："不是我老婆，是乘客，她在接电话，不是跟我说话，真的不是我老婆，真的不是，真的……"最后，他迫不得已把电话递给我："靓女，帮我个忙？你就对着电话说，你好，我不是他老婆！"我接过他的手机，看着他的眼睛，捂住听筒说："如果你肯免去我的车费……"就在他流露出看到交警时的厌恶神情时，我对着电话说："你好，我就是他老婆。"

　　绅士先生递给我菜单，帮我拆开湿巾，斟满酒杯，讲起自己的故事。有太多人好奇于他为何从一家知名公司的高层位置上突然离职，除我之外。"你要猜猜看吗？"他问。我笑了："你大学毕业入职，从最底层做起，十余年来过关斩将，一路杀到高层位置，想必是没有搞不定的客户、玩不转的关系，最有可能的恐怕是为了情吧？观众朋友们希望看到的离职原因是，职场恋情违背公司要求，两人一走一留，离职的通常是男士更为合乎情理。"

绅士点燃烟斗，笑得有些意味深长，饶有兴趣地问："后来呢？"

"后来，"我也点燃一支烟，像讲起自己的故事一样，"如果你离职后跳槽到了竞争对手的公司，与那位职场恋情的女主角结婚生子，从此过上了幸福的生活，这是不可能的——从离职讲起的故事，自然是因为离得很不值。观众朋友们更愿意看到的剧情走向，往往是你事业与爱情的双失，这才更合乎一项调查数据所证实的，财富人物的破产与离婚总是同时进行的逻辑。"

我点的清蒸鲈鱼上桌了，绅士一筷未动，只是默默地品尝着他点的红酒雪梨。我能理解为情所困的男人，因吸烟过量而需要润肺的雪梨情怀。他的第二位女友一如雪梨般的出现了。她们的共存，就像香槟与开瓶器一样，缺一不可又不可合二为一。

在绅士先生看来，前者是事业型，早在他们供职于同一家公司时，职务就在他之上，又在他离职后自创公司时，以可观的个人积蓄为其注资。后者是情趣型，用肥美多汁来形容毫不为过，曾在无数个前路迷茫的夜晚，为他带来忘情的欢愉以及欢愉过后的深好睡眠。两位女士都知道彼此的存在，都知道自己拥有着另一方不可匹敌的优势，高手过招般的既不正面出击也不背后使出暗器。她们在等，等着一方夺冠；他也在等，等着有一方等不起了，自行退场。

局面变得很艰难。如果有一方像的士司机的情人那么勇敢，逼着他让在场的女人接电话说"你好，我不是他老婆"就好办了！夹起最后一片雪梨的绅士停住筷子，兴奋地问："你真的是那么说的？那个女人太傻了吧？哪个男人会当着自己老婆的面跟她调情啊！"

你看，智商多么正常的一个人，看别人的情感问题时就像一个男神。可他不懂，女人更聪明，她就是想在明知道安全的状况下，执拗地行使一点儿吃醋任性的小权利，以被男人视为傻得可爱。

"自曝情事"的主题晚餐已近尾声。我看着余下的半条鱼问："怎么没吃这道菜？"他说："我海鲜过敏。"我惊讶："点单的时候为何不说？"

"因为你喜欢吃鱼。"他微笑。我听后心动了一下,不得不承认,对于这样一位多金有型的绅士而言,怪不得会有两位女朋友。晚餐结束时,我站起身说:"你的两位女友,从数量上看对你而言是保守了些。"

男人面色一红,不知是不是红酒喝多了。

原谅他和她的着魔期

他被一个自称为"绝非我喜欢的类型"的女孩追求，穷追不舍的这股劲儿如果用在当年高考上，她毕业证上的钢印将不再是大连理工大学或华南理工大学，而是麻省理工大学。

姑娘下手之狠，已然不是从为你买早餐，在公司门口等你下班的韩式纯爱模式起步了，而是走泰式惊悚路线——直接在他家小区里租了一间公寓，深夜自拍一张"不小心"切到手指的血腥照片，微信里丢给他，然后小宠物一样语音求救："你家有创可贴吗？假如我得了破伤风死掉，还想最后看你一眼。"

试问哪个男人扛得住这般攻势，别说不是你喜欢的类型，即便不是你喜欢的物种，恐怕也会暂且抛开儿女情长，先去救个美以圆自己的英雄梦吧。

人救过来之后，姑娘又会发动最强大脑，在新的夜晚使出新的花招——"刚刚有人敲门，我不敢去开，你能来帮我看看吗""我好像发烧了，家里电水壶坏了，你家有热水吗""大姨妈来了肚子痛，能不能帮我买一瓶止痛药"……

他开始憎恶自己的傀儡身份，想夺回她掌控的线，于是心一横，眼一闭，干脆关掉手机，任她得破伤风死掉。奇怪的是翻来覆去睡不着，那感觉就像每晚听一集《盗墓笔记》，落下一集就抓心挠肝，只好一手自扇耳光,一手重启手机。结果开机音乐还没响,敲门声倒先响起,她在门外幽幽地问:"你在吗?我把钥匙锁在家里了⋯⋯"他像正好被挠中痒处,苦笑着起身迎接新剧情了。

听完这位异性友人的讲述,姑娘的这些手段不禁令人折服:原来女人势在必得一个人,是可以亦人亦鬼的。

不巧小可也来凑热闹,深夜时分在电话里向我哭诉:"亲爱的,我失恋了。"小可失恋了?她几时又恋爱的?"就是我的前男友,他说过要来看我,可是又不来了。"

原来是重拾旧爱,女人对于旧爱,通常持两种态度:一种是胜券在握,因为有过,所以信手重来;另一种是心有不甘,就像小可这样,因为错过,所以翘首以盼。

小可不断地跟旧爱表白着自己当年的所做所为,所爱所伤,所悟所悔。这些在旧爱先生听来,自然很感动,可怎么说口味都似乎轻了些。尤其是相较于新鲜刺激步步紧逼的剧情而言——他早日沉沦在夜行一善英雄救"绝非我喜欢的类型"的美里,不可自拔了。

毫不知情、还抱有希望的小可,还在哭哭啼啼:"炸鸡吃光了,剩下的两罐啤酒怎么办?"

一个人为另一个人着魔跟一个人被另一个着魔同样可怕,像一场灾难。我告诉小可,有一种男人,需要靠技术性手段搞定,不是春风化雨、黛玉葬花式地打感情牌,那只会助长他们更加自我感觉良好的嚣张气焰,对你说声抱歉,再转身奔赴到心机女孩儿为他们铺设好的圈套里去火海救人。

酒醒后的小可虽然留言给旧爱:"说了这么多,其实只是想再跟你滚一次床单而已。"却仍在问为什么。我告诉她,那是因为,没有感情羁绊的性,才是对男人最轻松有效的勾引。夺爱的道路上,没有美貌就要有心机,否则"都叫兽"怎么有空来救你,炸鸡吃光了,他也只会甩给你一个肯德基外卖的二维码。

末班车小姐

她总是搭最后一班地铁回家。

高新园到上梅林,她有三套换乘方案,却从未使用过另外两套,不是因为换乘太周折,就是因为习惯了身下刚被焐热的微凉座椅,不想起身,哪怕时间久一点儿。末班的地铁,像走进去顾客寥寥的宜家,亦像深夜抵达的机场——空旷的空间如同一股洪流,瞬间便将出港的乘客冲散了。

起初,她不是这么晚才回家,可当加班成为公司的优良风气时,不把时间耗尽再关掉电脑,渐渐有了被排挤到体制外之嫌。那就显得合群一点儿吧,总之没有加班费,没有人担心你在圈公司的钱,她这样想。

就这样,起床的时间被拖得越来越晚,她加入到少年宫那一站百米冲刺的队伍里;回家的时间也越来越晚,最后一班地铁成了底线——再没有比它更守时的约会对象了。航班都会晚点,说失联就失联,一如那些闹了点小别扭就悄无声息提前下车的恋人,给另一个人留下焦急和挂念。

晚上11点的地铁里,没有老人和孩子,不需要让座和戴上耳机,零星的乘客之间相距甚远,带着几分这座城市里难得一见的懒散,每个动作都像放慢了的镜头。她从尾端的车厢朝前望去,摇摇晃晃地一片通亮,银白色金属辉映出的冷光,让她不由得联想到终点站会不会是《雪国》?

周末的约会，她要搭乘这一班地铁回家。男人问她：我送你回去？她一边拔下充电器，一边头也不回地说：不用了，出门就是地铁口。这种话还需问吗？那一段路，本就属于难舍和缱绻。至于送她回家，似乎拉回她留下更加迷人吧，她走在夜晚湿润的空气里笑了一下。

如果没记错，那一站是华侨城。等待下车时，她只是无意识地一转头，就看到了那张近在咫尺的脸。那是一张失联了两年多的脸，正在专注地看手机，微微皱起眉头。她转过头，用一侧垂下的头发遮住了视线。

下车时，他走在她前面。她走着走着就停住了脚步，看着他被人群簇拥着上了扶梯，越来越远，越来越高，消失在地面上。他还是一个人，她感觉得到他散发出的气息，并没有另一个女人的迹象。一个闹点小别扭招呼不打就提前下车，不送女伴回家的男人，以为换掉号码就可以重新开始吗？当然，除非他永远不搭地下铁。

晚 11 点，星期五的最后一班地铁，开往她心里一个晴朗的春日。末班车小姐戴上了耳机，想明白了很多事。比方说缘分，未必是让你遇到好的人、对的人，而是那个仅仅是最常遇见的凡人；比方说线路，你的习惯决定了你的选择，重新回到十年前，你还是会点牛腩粉而不是滑蛋饭。

有时候，我们反而不敢要一次完全不同的人生，只是想占一次假设可以重来的便宜。车门打开了，末班车小姐走出去。下个星期，她要去上海，听李宗盛的演唱会，听他现场给她唱：我认识的只有合久的分了，没见过分久的合。

爱神在 1 号线

小可坐在海边，喝光了一瓶红酒，不是为了某个男人。

像是每餐点烧鹅饭的人吃了一根棉花糖，人难免有文艺的时候。小可的感伤在于，她搬家的时候从一个年久失修并且掉在床底下的钱包里翻到了一张火车票。火车票很新，上面写着深圳到广州，座位号是 13 车 14 号。她对着那张车票看了很久，努力想把时间和事件对上号，像把一些星月菩提串成念珠，最终却找不到佛头。

那一年，深圳地铁刚刚开通，小可约了当时的男友一起去搭罗宝线。有爱傍身，她什么都不怕，不怕付出，不怕距离，不怕思念，不怕等。

男友被公司调去广州分部的时候，小可几乎是带着期待让他去的——那样就可以每星期过去看他啊，过去给他洗衣服、打扫房间、煲汤；带着自己的睡衣、化妆品、笔记本电脑。那会儿的手机可以待机三四天，根本不需要带充电器和充电宝。当然他也可以来看她，只是她只顾计划着自己，没来得及这样想。

搭地铁和火车的时间加起来两小时，时间各半。小可说，她还是喜欢搭地铁的那段路，尽管看不到风景，旅伴只有变化的人和广告。可就是这些人，多半形单影只，茫然得像是不知归处，便愈发衬托得她手里的这张车票难能可贵。一段有人接、有人等的旅程，是多么令人悸动。

从罗宝线到和谐号，接驳了小可的深广爱情线。她奔赴得太用力、太积极，以至于都没有留给他一次来看她的空当。仿佛只要她没去，便成了彼此为相聚留有的余地。他来，反倒成了一种破坏。

小可没有集邮癖，那些车票前赴后继地被投入了出站口的垃圾筒里。只留下了这张1314深藏在钱包里，像留在头皮上的一道印记，只有演抓狂戏的时候方能触到。小可起身，拎着酒瓶，把那枚车票埋在了沙里。

她怀念的是那段爱情吗？不，她怀念的只是追最后一班罗宝线的自己。她希望有朝一日还能在这趟地铁上遇到当时的自己——那个独坐一隅、一条一条翻看短信记录傻笑的那个自己。

不是这个在购物公园站转车时骂地铁站设计师和老板的自己，更不是借着几分醉意把房卡放到餐桌转台上，转到对面陌生帅哥面前停住，然后嫣然离席的自己。

消失的港男

问题究竟出在了哪里?

小可至今也没有想明白,只好站在地铁的出口,看着外面滂沱的大雨发呆。地铁口的终点站距离表姐家不到两百米的距离,她从来都是带着欢喜或是失意信步回去,把地铁卡放到包里,换出小区的门卡,推开大门走进去。穿过一小片绿地,经过一个喷泉池,再曲曲折折地走一小段浓密的树冠交错掩映下的石子小路,就到了。

表姐有一双洞若观火的眼睛,这位理性的师奶单从小可进门换鞋子的方式,就能分辨得出她当日心境的晴雨表——倘若她把鞋子甩得随意,头都不低一下地走进来,那便是没心没肺神经大条;反之,她必会弯下腰,把换下的鞋子悉心摆好。表姐便不会多说一句话,只待开饭时间才前来敲她的房门。

而现在,小可只能站在被灌入凉风的地铁口,微缩着肩膀等着表姐夫来接。此刻,她多么希望前来接她的是另一个男人,那个让她不知道问题究竟出在了哪里,就像变了一个人似的香港男生。

香港男生是被小可的热情打动的,他们相识于地铁车厢里。当时有一位外国友人皱着眉头仰视着线路图,对照着手里的小本子,一副不知该在何站下车的模样。小可替他急了很久,实在忍不住了,便上前甩了一句英文,问对方是否需要帮助。谁知那个老外同样是皱着眉看着她,然后两手一摊,抱歉地笑笑,看样子英文不是他的母语。

坐在小可对面的香港男生只好出手相救,用一口流利的法语化解了众目睽睽下的危机现场。没错,他不仅救了那个法国人,更是救了小可。两人一前一后出了地铁站,一前一后站在扶梯上,也是这样的倾盆大雨,小可终于在他掏出雨伞时,鼓起勇气羞涩地搭讪:"能送我一段路吗?"

他一手撑伞,一手轻轻地搭上了她的肩,像一对恋爱之初的情侣。雨实在太大了,她近到了能闻到他散发出的微弱的香水气息。直到电梯升到了17楼,小可的心还在失控地跳,被突如其来的一道闪电照得几乎要炸掉。

表姐夫目睹了小可旋风般甩掉鞋子冲进房间的一幕,险些吓到。倒是表姐,一边把汤端到餐桌上,一边喃喃说道:"这是在地铁上有艳遇的节奏了。"

第二次见面又是雨天,香港男生撑着同一把伞把小可接到家里。小可爱死了床边的落地窗,站在窗前就好像站在了雨里,他在她身后,只是一转身的距离。几多缠绵,几多缱绻,仿佛还没怎么珍惜,天就亮了。

接下来的日子,他没再主动联系过小可,只是微信里简短地回复:在香港,在广州,在北京,在巴黎……总之不在地铁上,也不在雨里。小可落寞地倚在车门处,塞着耳机,曲不成曲,调不成调地轻唱着:你离开我,就是旅行的意义……

那天晚上,小可在浴室里发现了表姐为她准备的一个厚实又柔软的新浴巾,心情竟一下子好了起来。她还在朋友圈里看到了这样一句话:男人既会因为上床的速度太快而不珍惜你,也不会因为上床的速度过慢而去珍惜你,关键在于,你遇到的是怎样一个人。

人生如戏，相见不如关机

当生活没有下一个目标的时候，很多人纷纷制订了运动计划。

"咕咚运动"的数字表默默地在朋友圈里秀起了一轮激战，它真实可靠，言之凿凿，不像泼出去的学历、年薪、离婚原因，以及有过多少个伴侣……可以神化，可以造假。散步还是暴走，完全取决于一个人性格里的杀气指数——它已经成为了一种健康的情绪宣泄方式。

此后，小可不见得会与人倾诉自己正遭遇的情感迷局了。她说："以前我会胖的原因，是好多事想不明白，搁在心里不好瘦；以后我要瘦的动力，就是把那些溶成脂肪的谜团走出去。"是啊，好多不愿面对的，不堪重提的，不肯相信的，用陈芝麻烂谷子的是非结成的网，走着走着就顺成了一条平滑的绳。

生性怯懦的小可，看了一个励志信条很受启发，话是这样讲的：很多事，与其不做后悔，不如做了后悔。她反复咂摸着，觉得言之有理。于是像一匹屁股挨了一鞭子的小马，犹豫不决的时候，嚼着这根"草"勇往直前。

傍晚陪表姐接孩子的时候，聚集在幼儿园门口的妈妈们聊天。一个男孩的单亲妈妈说："孩子总是拿着玩具枪不肯撒手，吃饭、睡觉都要放在旁边，是不是内心缺乏安全感？"表姐接腔："那对他来说，应该只是个爱不释手的新玩具而已。我表妹还不是手机不离手，吃饭、睡觉、搭地铁都在看，二十四小时不关机，忘记带钥匙都不会忘记带充电器，好像时刻在等谁的电话，那才叫内心缺乏安全感呢。"

　　星期三晚八点，小可沿着公园的环路快走。一边走一边想，为什么他还没有来电？这个时间，他究竟是在加班、喝酒，还是打球？手机提示"三公里"的时候，小可骤然停下来，抹了一把汗，长长地呼出一口气，轻快地做出一个决定，她不会再等他的电话了。

　　星期六下午，小可在海边绿道暴走。最近一次见面，隔天的上班时间，他将她送到少年宫那一站等四号线。她进了地铁的闸口再回首，看到的是一个头也不回就走掉的背影，正在往相反的方向走。小可站在早高峰的人流当中，感觉自己像每年夏天洄游到阿拉斯加的河流上游产卵的红鲑鱼，即将落入棕熊之口。

　　就这样，小可爱上了挥汗如雨的暴走，爱上了付出就能看到的数值的"咕咚运动"。别人在宵夜的时候，她在暴走；妈妈们讲睡前故事的时候，她在暴走；他不上线不来电的时候，她在暴走……

　　小可走出了一道笔直的背影，不在乎是不是在某个人的视线里；也走通透了很多道理，她不要再等那个已经从她全世界路过的人的电话了。茶要趁热喝，人要趁热爱，当一方的热情已在暴走和枯等中耗之殆尽时，另一方迟到千年的来电，已叫人无力接起了。

　　人生如戏，相见不如关机。

你男朋友喝多了

你男朋友喝多了。

再寻常不过的一句话,像路边随处可见无人弯腰捡拾的硬币一毛钱。可是,这是一条来自午夜的微信内容。手机鬼魅般的发出一声微弱的提示音,在黝黑的夜里轻轻一叹。小可醒了,从杂乱的梦里走出来,顺手拿过手机,然后像等待化妆师为她戴上美瞳一样停在那里。

上个月,小可的热情扑在了一个微电影上,她客串了一个小角色,小到一句台词都没有。属于她的几个镜头,只不过是失神地伫立在地铁的门口,上上下下的人像"即将有一大拨僵尸来袭"一样从她身边涌过。她饰演的是一位偷偷"送"暗恋的对象回家的女生,假装跟他同路,每天一起搭地铁,从佯装偶遇到成为习惯,培养那个高富帅的男生习惯每天下班叫上她一起去搭地铁。

"CUT!"导演叫停,上前来说戏,"小可呀,你的神态不对,你得有害羞,有按捺激动的感觉,你怎么演得失魂落魄,像悼念亡人呢?"剧组的人都跟着笑了起来,小可也跟着笑,一张妆容浓艳的脸笑得很扭曲。

上个星期,小可碰到了一位当年曾经爱过的男人。"曾经爱过"的关系很有意思,可能是爱,也可能是被爱,也可能只是暗恋,那关系既不是情人,也不是恋人,充其量只算曾经爱过,最终不了了之。当年的男生号称现已发迹,豪车送去保养,请小可去吃潮泰牛肉丸。之后,小可终于明白了当年为何与他断了联系。他没有为她倒一杯酒,调一份底料,递一张餐巾纸,送一段路……

第二天,她删除了联系人里新添的这位失散多年的联系人。

曾经的片段在黑暗中回放,像是当年小可坐着大巴行驶在滨海大道上,车窗外的阳光照得她皮肤闪亮,可惜那会儿尚不流行自拍;车内冷气逼人,像在地铁上的沁凉,可惜那会儿地铁远未开通;海在不远处,日复一日地冲刷着红树林的岸边,可惜他们一次也没去过,就分手了。

"他们"中的他,是她喝醉了的前男友。他没有特别为她做过什么,年轻时的恋爱,富有富的快乐,穷有穷的挥霍。她留着他送的一件牛仔风衣,款式早已过气,却花掉了他当年一个月的房租。

怀念过往的嗜好总在成年人的酒后。有时候,女人要的隽永,也不过是那些未必被他人放在眼里的小情小调。

她想要的是不只我一个人在怀念那一段回不去了的时光,就够了。那感觉,仿佛跟我们虽然离婚了,但我们都爱这个孩子,从未失职。

酒后失态是女人的大忌。小可死也不会做出吐在地铁上这种事。只是听到前方到站是"上梅林"时,她一个没忍住,吐在邻座女孩的身上了。她知道,那个早已不再是她男朋友的人,就是在那里喝多的。

人狗情未了

当一个屌丝出现在大众的视野里时，能为自己加分的行为，绝非携一位倾城佳人，因为那会招来女人的嘲笑和男人的质疑。可要是换成一只狗，他就成功逆袭了。公园或是海边，一个男人与一只阿拉斯加或者苏牧玩飞碟的场面，绝对会吸引女人的目光。

女人通常会对养狗的男人做出一些积极的推断——比如说，他们有责任感，能够精心地照料自己的伙伴，那么应该对女人和孩子也是如此吧？他们善良有爱心，喜欢动物，那么婚后肯定不会家暴吧？他们有公德心和环保意识，会随时处理好狗狗的便便，那么不管他有多尿急，应该都不会停下车站在路边"嘘嘘"吧？总而言之，女人总会把一个男人在一只狗身上体现出的优点转移到自己身上……想着想着，便露出了萨摩一样的微笑。

可是，你知道一个长年养狗的单身男人有多可怕吗？小可这样问我的时候，我的嘴像不听使唤一样地自动回复了：有多可怕？于是，这样一位养狗的先生在小可的描述中登场了。

这位先生先后养过两只狗，他为前一只狗养老送终了，现在这只养了三年。因为狗，生活中他与小区的邻居发生过争执；感情上跟前任女友因狗分手——原因是，那个狗毛过敏的姑娘在他家里不停地打喷嚏；工作中，他成了部门里唯一一个没有被外派学习过的员工，因为他无法信任任何人帮忙照看他的狗。

最可怕的是，小可说，我陪他参加"抵制玉林狗肉节"的游行时，他跟我说，婚后不想要孩子，因为有狗就够了。这……纵使一对夫妻一只宠物的格局已经悄然形成，但那并不是因为狗能取代孩子，而是一对选择"丁克"家庭的夫妻，希望引进一位新的"家庭成员"，为二人世界带来更多乐趣。

这位先生的家里到处是狗毛，网购的最大消费是宠物用品和狗粮，他的QQ头像、微信头像都是他狗的照片，就像一个新鲜出炉的妈妈，恨不能五湖四海各族人民都来夸一句她的孩子。爱上这样的男人可真够要命的，约会时他拖着他的狗，像带着前妻留下的孩子来考验你一样——尽管你很难接受，但这就是决定性的一关。过不去，你俩玩儿完；过去了，后面还有无数道关，迟早让你自己玩儿完。

养猫可以治疗抑郁症，养鸟可以治疗神经官能症，养鱼可以治疗紧张型强迫综合征……当男人与狗玩耍时，他往往会无意识地进入"宠辱皆忘"的境界，无比地放松和愉悦，在他空窗的岁月里，聊以缓解孤独和寂寞，为他带来永不背叛的安全感和控制感，甚至还有同一个圈子朋友和因狗而起的艳遇。

但是，你真的不必像取悦他的父母一样讨好他的狗。他的狗固然陪伴他度过了很多艰难的岁月，像战友一样与他出生入死。但是，一个心智正常的男人，是不会把女友和狗放在选择和比较的天平上的。

小可曾试图用一个很弱智的问题来衡量自己在这位先生心目中的分量。她说："假如我和你的狗一起掉进水里了，你先救谁？前提是，你的狗不会游泳。"狗先生笑道："你说心智正常的男人不会把女友和狗放在选择和比较的天平上，怎么你又这样比较呢？再者说，世界上只有不会游泳的人，哪有不会游泳的狗啊。如果我掉进了水里，我的狗会舍命去救我，你能吗？"

这位先生的反驳让小可无言以对。他有他的不了情，小可也有小可的选择权。分手时,这位先生的话小可如今还记得:你有很多选择权,离开了我,对你没什么要紧;可是它没有选择,你说我跟狗一起玩耍时进入"宠辱皆忘"的境界,可想过,你为什么不能让我进入这样的境界呢?

许多事,但凡计较还是因为不够爱吧。

前妻小姐的来电

我的男闺蜜，当然，不是陈可辛。所以名字也就不值得一提了。值得一提的是，他目光发直地盯着空气中的某一处，带着几分醉意，自言自语道："没想到当今的娱乐圈已经纯洁到如此地步了，导演都得掏钱去嫖娼，说好的潜规则呢？"

话音刚落，他的手机又响了，屏幕上显示着那串曾经倒背如流，此刻却再也不想看到的号码。号码的主人是他前妻，那个婚后只要他出来喝酒，她就上房揭瓦，离后变成了短信嘘寒问暖叮嘱他不要太晚回家的女人，已然成了他苦笑时眼里的一朵奇葩。

为了躲奇葩，他每天提前一站下车，散步抄小路回家；回到家里不开灯，借着对面楼里万户千家的灯光冲凉，然后拉上窗帘，躺在床上刷手机。

他说，前妻婚后管制他的手段是360度无死角，审问他的时候也是什么狠话都说得出来。离婚是她提出来的，一个星期后要求复婚的也是她。她求他的时候依旧是什么软话都说得出来。"那感觉，就像将你凌迟之后，又像考古学家拿着镊子拼金缕玉衣一样，以为你们还能穿越回最初。"他说，"女人怎么可以这么可怕？"

更可怕的事，我还没有告诉他。不只是他的那些哥们儿被前妻小姐奉劝过，不要留他过夜、不要灌他喝醉、不要带他去夜总会……仿佛一群"导演"带坏了一个刚刚出道的纯情少年。

某天夜里,我也接到过他前妻小姐的电话。她礼貌性地问候之后,开宗明义地说:"我知道这样有些冒昧,但我只是想从你这里了解一些关于他的事情。"

前妻小姐给人的感觉,就像一个退休的警察,因为失去了手中的权力而将兴师问罪的语调化为了心有不甘。她极力希望自己表现得谦和有礼,可仍旧难掩语气里的咄咄逼人,像老师考学生速算似的把问题甩给我,然后一一对照答案。

我说他幽默痞气,她说他少言寡语;我说他腼腆内敛,她说他聊天暧昧;我说他没什么交际,她说他夜不归宿……直到我说,他说他从未后悔娶你,她才终于得以轻轻呼出一口气,陷入短暂的沉默不语。

这真是一通令人疲惫的通话,我多么希望听到她说:"我还想和他在一起,可我不知道还能做点什么。"然而结束语却是:"我不可能求他,但我会祝福他。"

她说她会祝福他,他说她在骚扰他。如果不是亲眼看到他手机上同一个号码的 36 个未接来电,我会把筹码押在前妻小姐高傲的姿态里。过来人都懂,有时候,主动提出分手或者离婚,并不是不爱了,不是嫌弃对方,不是对感情绝望。而是受够了自己在这段感情里迷失了自我,变成了自己最鄙视的那种人——控制、多疑、苛责,失去原有的魅力,以及不停地给对方找借口来敷衍自己的那个样子。

假如前妻小姐在结婚后展现出的是离婚后的自己,一切该有多么熨帖呢?女人有时候是需要一些姿态的,这姿态并非只彰显在失去后的洒脱,还有拥有时的自信与从容。要知道,只有给了男人正当自由的权利,才能收入他那颗企图越狱的心。

万圣节等谁来接

万圣节当晚,酒吧门口的服务生像站在地狱的门口,一一接待着准备盛装入门的宾客。只见一个穿着一双黑色皮鞋的裸体男子,戴着一个面具和一副黑手套排在队伍中间。服务生以为自己眼花,走到该位面具男子跟前问:"先生,如果我没有看错的话,请问您是没穿衣服吗?"只见这位男子张开双臂,岔开双腿,将身体摆成一个大字,同时晃动着戴着黑手套的双手和穿着黑皮鞋的双脚回答道:"是啊,你看不出来我在扮演黑桃5吗?"

听完这个笑话,在场的八个女子笑得花枝乱颤。有的人不得不把面具掀开一条缝,拿纸巾伸进去拭一下眼角笑出的泪。只有一个戴着银色半脸威尼斯公主面具的女子,笑得有些逢迎,从她微微上翘的嘴角不难看出,这个笑话,她听过。

这是一个小型的同学聚会,昔日大学寝室的八个女生选择在万圣节聚会。这无疑是史上人数最全的一次,话题自然由忆当年,聊趣事,翻旧情,相互黑开始,欢声笑语不绝于耳。几瓶红酒见底之后,时光把镜头推到了当下,几个女人陆续摘下了面具放在一旁,唏嘘惊叹了一下彼此的年轻紧致,就向在座的一位从事儿科医生工作的姐妹咨询起诸如"孩子感冒老不好"之类的问题。

一位留在校报工作的女同学,给另一个正愁着找发博士论文哪家强的女同学普及行情。剩下的一个淘宝卖家，眉头紧锁地在微信里给刚扫码新加入的姐妹们甩链接。唯独剩下银色公主面具女子的，捏着酒杯插不上话。

只有她还戴着面具，显得有点小小的不合群。她无须加入任何话题，因为她习惯了成为任何聚会上的最后一个话题。她需要做的，只是调整好心态，以免在独自撑起的话题中流露出难耐的不满。

比如，总会有一个人突如其来地问上一句："你到底想找个什么样的？"把这种问题抛给一个单身女子的随意性，就像在大街上随便拉住一个人问"你什么星座"一样。再无礼的路人，也很难回上一句，关你鸟事？

于是新一轮的话题听者有份儿，群情激昂。面具公主虚心地微笑着，听姐妹们以过来人的身份给她忠告，同时她也再清楚不过，当她们说"婚礼不重要，求婚才重要"时，其实自己未必拥有过多么惊世骇俗的求婚仪式；她们在声称羡慕她单身自由时，没好意思直说因为婚后再也没机会见到黑桃5；她们安抚她不必心急，只是缘分未到时，并没有一个人提到一个可行性人选打算介绍给她认识——她们只是想听她讲讲狗血的情事，相亲遇到的奇葩，一个人住有多寂寞，对这帮师奶和辣妈的生活有多羡慕……

直到一个小鲜肉服务生走到她跟前，害羞地问："这位公主，那边有位先生一直在等，他想问一下，晚点可以送您回家吗？"片刻的沉寂过后，只见她站起身，轻轻地摘下面具，一边整理着额前几缕纷乱的发丝，一边环顾周围的姐妹们微笑。这是一张在座的人当中最接近大学时代的脸，眼波流转间，像是久别重逢后刚刚来得及补上一句"好久不见"。

摘了面具的公主顺着小鲜肉所指的方向望去，一位身披黑色斗篷，戴着佐罗面具的男子朝她点头致意。她与他相视而笑的同时，跟小鲜肉说："麻烦转告，我已经有人来接了。"一时间，有人看表，惊呼时间过得真快！有人说是啊，要赶紧回去喂奶。有人抱怨，老公怎么连个电话都没有。

生活到底还是乏味了些,只好拿出那些旁人没有的点滴,聊以填补自己零星的优越。自拍时像四月的花开,私下的生活却灰白得像十月的雾霾。倒是那个形单影只的姑娘,穿过马路去电影院了,留下一桌人长吁短叹。

与 King 先生有关的早晨

你有没有过这样的时候,做了一场清晰无比的梦,它是整个晚上的最后一个梦,足以把前面的梦统统湮没。尽管它未必很长,且有一些荒凉。醒来之后,你会安静地躺上一会儿,而不是像往常一样抓过手机看时间,看微信,看有没有因为被设置成无声的手机而错过的未接来电。

小可刚刚做了一场这样的梦。那梦陷入了一片白茫茫的雾里,请注意,是雾,不是霾。是奶白色的湿润绵柔的雾,她就在那无边的雾里遇见了她人生中第一个恋人,King 同学。King 同学在跟一个人交谈,看到了她从旁边经过,知道她会在前面不远处等他过来。总之,没有对白,没有为什么。梦嘛,就是这么梦的,她在等他,等到了醒来,他还是没有过来。

类似的梦境,每个月有那么几回,像是提醒着她别把这个人忘了,别把暗恋这个人时的自己忘了,有点"不忘初心,方得始终"的意思。然后,她起床洗澡,更衣上妆,出门时检查"身手钥钱",再走向地铁站。

混迹于人潮人海中的小可,与其他姑娘并无不同,既没有样貌出众,也不是细腰大胸,用着跟多数人一样的手机,拿着跟多数人同样的薪水,周末坐四号线过关去香港买东西。可是,当她再次回想那白雾茫茫的梦境时,一切都不同了。原来,她也是有过暗恋之情的人,那漫长的五年贯穿了她整个少女时代。她会写日记，会假装去他们班里找别的女生顺便看上他一眼；他们班在操场上体育课的时候，她会跟坐在窗边的同学换座位，假装托腮思考问题地往外看；也会大胆地举起手要求上厕所，然后从教学楼跑出来，溜到丁香树后看他在操场上踢球……

那便是小可在异性面前表现出的最生猛的一面，她将毕生的勇气早早地预支给了那场暗恋。她极尽所能地做了除去表白之外所有的傻事，包括牢牢记得他那件烧成灰她都记得的蓝色的夹克衫。

King 同学高中毕业后去雾霾帝都念书，随后又去雾都伦敦继续深造，回国之后，King 先生，进了一家外企做高管，娶了一个白富美，生了一对龙凤胎，有了一个童话式的结局。时隔多年，小可在同学录里读到这个童话的时候，感觉整个人都缩小了一号，心中无比卑微地升腾起了欣慰之情，像一个儿子有了出息被遗忘了多年的母亲，用微凉的指尖颤颤巍巍地夹起一根烟。

为什么没有上前跟他说一句话？当小可再次捡起天亮前的梦时，她想到了那句正流行的歌词："不怪每一个人没能完整爱一遍，是岁月善意落下残缺的悬念。"那梦，如同一瓶被拔掉瓶塞的香水，一瞬间挥发殆尽。

小可在心里默默地做了一个决定，下了班要搭末班地铁回家。她怕晚高峰的人流将 King 先生挤走，空留给她一片茫茫白雾。她要仔细地想一想，童话里的 King 先生。他可会开车上班堵在二环的时候抱怨城市的霾，周末带家人度假的时候怀念伦敦的雾，抑或是什么时候也刚好梦到了当年那个喜欢放学后尾随他一道回家的少女，恍惚间了然了一个在回忆里似曾相识的女孩，那么勇敢地暗恋过他那么多年，至今依然平凡地活在他的影子里……

有些爱，不配倾城

"女战神"坐在12A

时间会把多年的"事故"化为日后谈笑间的"故事"，除非它就发生在昨天。

昨天是小可出差返城的日子，从A城到B城，从冬天到夏天，四小时的高铁行程。小可坐在12A，一觉醒来到了用餐时间。服务小姐拿着笔和小本子穿行于座位之间问，哪位乘客想预订快餐？小可扬起手。

她问服务小姐："多久送到？"小姐说："十分钟。""请问要排骨饭还是牛肉饭？"小姐问。"排骨饭，"小可说。列车继续前行，服务小姐渐行渐远，小可翻着手头的杂志于不知不觉中过去了四十分钟。坐在她身边的乘客大抵觉得旅程实在无趣，小声抱怨道："你的盒饭怎么还没到，不是说了十分钟吗？"

服务小姐像是长了顺风耳，已然端着餐盘翩然而至。小可看着迟到多时的晚餐，终究还是咽下了埋怨。不想，小姐却说："你要的排骨饭卖光了，牛肉饭可以吗？"那一刻，饥肠辘辘的小可抬起头，在与服务小姐的目光对峙中吐出了三个字："不可以。"

服务小姐把钱退给小可，丢下一句"不好意思"再次渐行渐远。小可起身离席到了餐车，请问哪位是列车长？一位英气逼人的着装乘务人员走过来问："我是，请问您有什么事？"小可看着那位怠慢自己的服务小姐说："我交钱订了排骨饭，这位小姐告诉我十分钟后送到。结果我等了四十分钟,她告诉我排骨饭卖完了,把钱退给了我。请问这就是你们的服务吗?"

列车长微微皱起了眉头,转身拿出一瓶水,拧开盖子放到小可旁边的桌上。

另一名服务小姐匆忙解释道:"女士您别生气,这是一件非常小的事情。"小可笑了,你拿100万在市中心买了一套房,交房时开发商告诉你,不好意思你的房子卖给别人了,郊区还有一套你要吗?不要就给你退钱。这是大事?

服务小姐说:"我们俩分别在车厢里登记送餐,谁也不知道哪个先卖完……"小可说:"你们俩是今天才一起工作的吗?为什么不在第一时间通知乘客?"服务小姐说:"很多人直接来餐车排队,所以我们送过去就慢了些。"小可说:"如果有人告诉我,我也可以来餐车排队。"服务小姐刚要说话,小可说:"你什么都别再说,我已经来投诉了,你还认为这是一件小事,一句道歉的话都没有,你这么廉价的服务根本配不上排骨饭的60块钱,也拉低了这趟列车的服务水准。"

说完,小可将身边那瓶水的盖子重新拧好,放回到列车长身边的小桌上,不等他说一句话,就转身离开了。

回到自己座位上的小可,闭目养神。回想这些年来的峥嵘岁月,兵来将挡,水来土掩,维权道路上的成功案例不胜枚举,大到一套公寓,小到一件T恤,自己早已练就了一副伶牙俐齿的金刚不怒之身。这时,耳边响起一个柔弱的声音将她唤醒:"女士,真对不起,是我的服务不周,害得您没吃晚饭。"是之前送餐的服务小姐,身后站着英气逼人的列车长,再身后是刚才那位替她挡枪的服务小姐。

列车长说:"我们回去一定加强培训。"不等小可开口,四周乘客已是嘘声一片——有的说:这不是欺负人吗;有的说:人家钱都交了;坐在小可身边那位乘客则是一直冷笑……小可抬起头望着他们说:"我其实不是不能等,而是要被尊重地等,我也不是不能从排骨饭换成牛肉饭,而是不能让你们觉得乘客就是这么好打发。既然你们专程来向我道歉，我接受，我唯一的希望就是，类似事件不会再发生在其他乘客身上了。"

小可再次优雅地赢了。她收拾好东西最后一个走下车厢，路过洗手间时，听到里面有人在讲电话，那声音柔柔弱弱十分耳熟："她好厉害，列车长上报领导了，领导打电话把我骂了……老公，你来接我好不好？嗯，我也要吃排骨饭！"

小可怔在那里，像被扎漏了的气球，一点一点萎缩下去。再女神的外表也掩盖不住一颗女汉子的心，再辉煌的战绩也敌不过在爱人的肩头痛哭一晚。是怎样拉着旅行箱走进小区的，小可不记得了。或许只有那一晚的夜色会记得，女战神的背影很寂寞。

她的他和他的她

20岁的女孩儿被年轮牵着绕圈,终于绕到了30岁的地盘。

从前,她根本就不相信什么"人会随着年龄的增长而变化"的鬼话。这说法真要是成立,让"三岁看到老"的常言该情何以堪呢?想到此,她带着不屑哼了一声。20岁的时候,她谈了一个男朋友,那男孩该有多么幽默逗趣,让那段恋情尽管无疾而终,回想起来仍是一串串笑声。

她生日时,他假装忘记了,却在午夜十二点的时候,手机设成的闹钟唱起"生日快乐"歌,然后,他送给她一只跟憨豆先生的一模一样的小熊。那个棕色的小熊现在读小学三年级,随她四处迁徙,一成不变地坐在她的床头。

他们一起坐公交车回家的时候,假装素不相识地先后上车,再一前一后地坐在座位上。车行两站之后,坐在她身后的他突然大声叫了她的名字,她受惊般的回过头。他说:"这么巧,怎么是你?!"她说:"是啊,我们有七年没见了。"他问:"你结婚了吗?"她强忍着笑说:"我儿子都五岁了,你呢?"他说:"我都离两次婚了。"然后他坐到她身边,聒噪而热烈地与她寒暄:父母身体可好,现在哪里工作,住什么地方,先生是何方人士,儿子长得像谁……她即兴编了一套谎言与他对答如流。

车上的人大概都在竖起耳朵听,好在很快到了站。她起身跟他说:"我到家了,先下车了。"他立即随之起身,说:"你家先生不是出差了吗？我今天去你家住吧！"她说："好啊！"然后两个人手拉手一同下车。车子起动时，靠窗的那排乘客们都伸长了脖子回头张望。两个人走到楼下终于笑得稀里哗啦。

那时候穷，租住的平房也够老旧。空调一开起来就嗡嗡作响，像一台即将起飞的直升机。马桶也年久失修，上厕所的时候要同时接一盆水，起身之后冲掉……可那些抑制不住的快乐啊，就像一道道符咒将所有的缺口一一封掉。

她28岁的时候，他儿子都五岁了。她相亲认识了另外一个他，那个不解风情的男人，对待所有的生日、节日、纪念日与平常的日子一视同仁。他们无色无味地交往着，他听不懂她很认真地说还是开玩笑，看不出她的发型是剪了还是卷了。要让他猜对她赴约时穿的裙子是三天前买的还是三年前买的，简直比登天还难。

她不失望。因为她知道，再也不会有一个男人浪漫如他，懂她如他，能像哆啦A梦一样把她想要的快乐信手拈来。回忆的余味像泡了几巡过后的茶水，越发寡淡了。她也习惯了。她30岁生日，他请她吃饭，吃过无数次的餐厅，点过无数次的那几道菜。她吃着吃着，终于爆发了："你知不知道今天是我生日？你知不知道我已经30岁了！你知不知道30岁对于一个女人意味着什么？你就请我吃顿饭就完了……"她一发不可收拾地抱怨着，气氛如同窗外的天气，变得阴冷僵硬，毫不留情。

他一声不响，直到一个美丽的服务小姐手捧一盒火红的玫瑰站在她跟前，说：这位女士，生日快乐！这是这位先生送您的礼物。服务小姐奉上一只精美的首饰盒，另外一个随之赶到的服务生端着一份精美的果盘和一碗热气腾腾的生日面，这是我们餐厅赠送给您的，祝您生日快乐！

她哑然地打开了那只首饰盒，里面躺着一条她在时尚杂志上看到的与舒淇同款的钻石项链。他坐在她对面，带着一脸宽容的微笑，仿佛她刚才发飙只是无意间插播的一条广告。

回去的路上，她还是有一点儿小尴尬，于是主动找话题耍赖，质问他:"干吗每次都走这条路?明明另一条路更近啊,既不单行也不限号的。"他开着车,目不斜视,轻轻地说:"你不是在那条路遇到过劫匪吗。"

她噤声。两年前的事了,她早就抛到九霄云外,没少跟朋友们跑到那条路上吃喝玩乐。只有他还记得,再没有载她走过。她知道,她不会有什么浪漫的求婚仪式了,也不会有拿着花枝绕成指环的柔情了,他唯一一次的浪漫,刚刚被她气急败坏地搅黄了。

可是,这些都不重要了,人会随着年龄的增长而变化。也许,她30岁遇到的这个他,就是那个长大了的20岁的他。

有些爱，不配倾城

有什么好羡慕的

下午茶，两个烦恼的女人对饮红酒。

小可说："我不想参加晚上的聚会。"小可的邻居说："我也不想参加晚上的聚会。"

小可说："我最讨厌那些已婚的女人围在我旁边说，真羡慕你啊，单身多自由，想去哪里去哪里，想买什么买什么，一个人吃饱全家不饿，要是让我重新选择，我才不要那么早结婚呢……"小可的邻居说："我最反感那些人一听说我是全职主妇就说，真羡慕你啊，不用工作多好，不用早起，不用挤车，不用看老板脸色，有老公养着，我要是能像你一样……"

她们碰了一下酒杯。到底还是前往了各自的聚会，到底还是听到这些老套的恭维。只是这一次，两个女人都是带着醉意而来，下午茶时又得到了对方的鼓励，于是不约而同地没给彼此的朋友留什么情面。

小可是这么说的："有什么好羡慕的，你以为我不想结婚吗？我只是找不到合适的结婚对象而已。你们羡慕我是吧，你们真要是后悔结婚，觉着单身自由，可以离婚啊。"

小可的邻居说："别再重复这些废话了好吗？你们以为不用工作就是逛街、美容、看韩剧是吗？我很忙的，要接送孩子做家务，读书、上课，考IPCF，就是因为不想听到这些话，老娘今天差点儿就不来了。"

这两拨朋友当时反应的相似度，应该就像亲子鉴定的 DNA 检测结果一样，高达 99.99%。杨绛先生百岁时写的一篇文章里说："你的世界是你自己的，与他人毫无关系。"小可心想，我活不到一百岁，我得从现在起就看清这一点，虚伪的恭维和真实的羡慕都对自己一点儿用处也没有，谁屑于在别人的生活里找心理平衡。

当她再次接到来自银行的广告营销电话时，不再礼貌地说一句"不需要"就挂掉，而是说："我没钱。"没想到那位客户经理也不甘示弱："没钱才要买理财产品啊，不然以后一直没钱怎么办？"小可笑了："就是连买理财产品的钱都没有，要不你借给我？"

打开大学同学的微信群，大家正在讨论上次聚会时班里一个从国外回来的女生，仿佛吃了唐僧肉，既不老也不胖。另一个终日痴迷于玩自拍美图瘦脸磨皮的女生不服气："真的吗？她会不会是打了玻尿酸？她是不是嫁到韩国了？国外技术好，做了微整形是看不出来的，她比我年轻吗？男生说的我不信，女同学发表一下意见？"

群里鸦雀无声了。只有小可忍不住跳出来说："真的，她还是那么美，没去过韩国也没动过脸，不但比你年轻，比你头像都年轻。"

一位年久失联的朋友给小可打来电话，开门见山地说："你认识的人多，帮我找十个人来听健康讲座吧。"小可说："这种事我做不来。"朋友换了话题，说："你还没嫁出去啊？你父母一把年纪，岂不是要跟你急死。"小可说："不给你介绍客户就不想好好聊天了是吧？"然后挂了电话，其实没钱也可以任性。

又一次下午茶。

小可的邻居拿出手机点开一个链接递给她，这件衣服适合我吗？小可看完了大图看细节，皱着眉头说道："绿色的绸缎上绣着大朵大朵菠萝花的褂子，穿上会很惊悚吧？"邻居说："我也有同感，你是不是担心我穿上之后像个死人？"小可说："不是，确切地说是给死人烧的那个纸人。"

窗外一个姑娘拉着一个银色的万向轮旅行箱飘过,小可叹息:"好想也有一只那样的箱子。"邻居说:"喜欢就买啊!"小可说:"可是我原来那只还没坏掉。"邻居说:"开什么玩笑,如果每个人都是因为旧的坏了才买新的,人类还要不要进步?"小可说:"是啊,我拖了人类进步的后腿。"

邻居放弃了那件纸人装,小可开始搜索新的旅行箱。她们不羡慕别人的生活,也不需要别人来羡慕,她们懒得流连于礼貌性的回应,倘若别人没有顾及你的感受,你又何苦给他们的台阶铺上红毯?

相亲很有趣，你不能总有洁癖

《史记》是谁写的？

司马迁。

"山外青山楼外楼"的下一句是什么？

西湖歌舞几时休。

戊戌六君子是哪六个人？

谭嗣同、刘光弟、康广仁、杨锐、杨深秀……还有一个实在想不起来了。

没关系，你已经是回答得最好的一个了。

以上不是"中国好诗词"或者"历史知识问答"节目，而是一次相亲的开场白。男嘉宾的屁股刚碰到椅子，就像地下党接头似的扔过来三个问题。这问题要论难度，确实不高，但是出现在这种场合，显然更像个笑话。

小可过关了。但是，那种感觉就像你勇夺短道速滑的奥运金牌，仅仅是因为身后的对手们还没有爬起来。男嘉宾说："要是这三个问题你都答不上来，我就直接站起来走人了。"小可问他："你是历史老师吗？"他说："不是，我只是希望我的另一半掌握最基本的知识体系。"

接下来的互相了解环节，男嘉宾先发制人，你哪个学校毕业？你高考拿了多少分？你第一次恋爱是多大年纪？你们公司年终奖是多少？你能接受婚前财产公证吗？小可一一作答，包括连自己都信以为真的情史。

最后，男嘉宾心满意足地松了口气，喝了点水。他全身心放松下来，笑容可掬地问小可："你就没有什么问题想了解我的吗？"小可想了想说："梁山好汉排名第60位的人是谁？"男嘉宾一愣，想了好一会儿问："是谁？"小可笑了笑说："百度。"然后把自己的咖啡钱放在桌上离开。

同样的咖啡厅，同一把椅子，坐下了第二位男嘉宾。他的问题是，周末是我同事的婚礼，你说我包一个两百块钱的红包少不少？比较而言，小可倒是蛮中意这种接地气的问题。于是为他细细分析，你们平日里关系怎样？很好，同一个部门的。你和他之间有没有人情往来？我上次结婚，他给我包的红包是五百。这样啊……小可点了点头，要不然，我们先点餐吧？男嘉宾说：我吃过了，你点你的吧。小可点了一份餐，最后小可买了单。

因为两个人的公司距离不远，男嘉宾经常在午休时间约小可出来，只是每一次他都说吃过了，每一次他都尝尝小可点的餐，都由小可来买单。当小可觉得自己并不需要一个每天中午看着她吃饭的伴儿时，男嘉宾很震惊，你觉得我们哪里不合适？哎呀，你不会是觉得我只给同事包两百块钱的红包太小气了吧？其他人也是拿这么多啊……小可心想，一定是我对面的那把椅子有什么问题。

再次去相亲时，小可让对方提出见面地点。对方倒也没客气，直接提议："烈士陵园怎么样？"小可语塞。男嘉宾说："我们部队每到一个城市都要先去烈士陵园，那里环境好又安静，适合聊天。"小可此刻有点怀念那把神奇的椅子，可到底还是去了烈士陵园。

相亲那天，细雨潇潇。小可神情寡然，一身黑衣，像一个烈士的遗孀般跟在男嘉宾的身后。因为无论如何都问不出来，你的房子是按揭还是一次性付款，只好把初次见面和最后一次见面合二为一了。

接连拒绝了三位男嘉宾之后，小可终于下定决心，不管怎样都要与第四位男嘉宾交往一下试试看，不想却遭到了对方的拒绝。理由如下：

我婚后想要两个孩子,可惜你我都不是独生子女。小可看到这句话时眼前一亮!多么清新脱俗的拒绝理由啊,要多绞尽脑汁就有多绞尽脑汁,要多不伤人就有多不伤人,堪称一跃而上,在小可相亲史上被拒绝理由的榜单上独占鳌头,忍不住想为他点赞。

打开电视你可能就会骂,总是觉得剧情太假,人物过于奇葩,小可也有同感,因为她可以负责任地告诉你,现实永远比电视剧来得更出人意料——相亲很有趣,你不能总有洁癖。

星座表姐团，有爱有喜感

假如你的友情收藏夹里有几个身为幸福人妻的闺蜜，她们的年纪又比你大上几岁不等，谈及你的婚姻大事时像一个被你妈妈附体的表姐，记住，千万不要介绍她们相互认识。万一她们成立了一个群，你的耳朵恐怕就要长年发烧直至自燃了。

小可正坐在沙发上玩手机，巨蟹座的表姐在厨房里开始了碎碎念："你看你，高的不行，矮的不行，胖的不行，瘦的不行，肚子大不行，没头发不行，没钱不行，太有钱也不行，还说自己不挑？你挑人家，人家还不是一样挑你？"端着水果出来时，沙发上已经没人了，"人呢？"表姐四下寻找。洗手间里传来声音："我有什么可挑的，我这么完美！"表姐说："是，你唯一完美的，就是有一颗追求完美的心。"

关于挑剔的问题，双鱼座的表姐有话说："你能不能把眼光放低一点儿？你看看我！搁到 30 岁之前，我看都不看你姐夫一眼。要是把你姐夫介绍给你，你愿意吗？"就是有这样一票闺蜜，动不动就把自己老公推出来当反面教材。小可很无奈，厚着脸皮说："干吗不愿意！"表姐还沉浸在自己的台词里，叹息道："真的我跟你说，咱们啊，嫁谁都是下嫁！"小可捂着电话窃笑："别啊，像你这样活在韩剧里的人，确实嫁谁都是下嫁，像我这样活在《破产姐妹》里的人，嫁谁都是高攀。"

白羊座的表姐信不过小可的眼光，但凡听说她要去相亲，都以一种娘家有后台的口吻提出要求："把他带回来，我晚上煲鸡汤。"一边抄着铲子忆当年，"女人啊，到什么时候都要把自己打理得好好的，一辈子找一个人还是不难的，就怕遇到的时候，自己已经残了。"小可弱弱地回应道："就怕残了还没遇到。"

热衷于给小可介绍男朋友的处女座表姐，比小可还要挑剔。有一回，她碎步移到小可身边说："这个男孩什么都好，特别爱笑，可惜就是名字的笔画太多了，你介意吗？"小可不解："这有什么关系呢？"表姐说："我担心他念书的时候成绩不好。"小可问："为什么？"表姐一脸哀怨地说："其他同学都交卷子了，他还在写名字。"

水瓶座的表姐远在异国，经常邀请小可跨洋去做客。她说："你快来，我给你先安排个相亲一日游，让你们在名山大川和历史古迹中拉近彼此的距离。"小可说："机票那么贵，年假那么短，能不能一次多相几个人？不如给我找24位男嘉宾，我去灭一轮灯再说。"表姐说："那要看这边群众演员的价位了哦。"

天蝎座的表姐生性多疑，多年来一直极力撮合自己的表弟和小可，未果。有两次她发了朋友圈之后，表弟和小可几乎同一时间回复。表姐一惊一乍地问："你们在一起吗？"小可无奈地说："每次都是我先回复的好吗？然后他就冒出来跟我玩儿没有早一步没有晚一步，少一分一秒都不是一辈子……"

射手座的表姐为小可打抱不平："你就应该嫁一个老外！中国男人根本驾驭不了你的范儿，你要是能嫁个意大利男生，生一堆混血宝宝，我来帮你带！"表姐一脸陶醉地闭上眼睛进入想象，那应该是她错过了的梦想。小可推了推表姐："嫁老外有两个必备条件，你知道是什么吗？"表姐睁开眼："第一，英语好；第二，长得丑。"小可问："那你……觉得我？"

表姐怜爱地摸了摸她的头，"再好好学学英语吧。"

洗了头发也不想见的人

有这样一个事件遭此热议，我们暂且将之称为"究竟是谁虚荣"。

一对闺蜜搭一个高富帅的顺风车回家，先下车的姑娘回到家之后点开朋友圈，看到后下车的姑娘发了两张照片。这两张照片都是在车内所拍，一张是黑暗中繁星闪耀的兰博基尼的仪表盘，另一张是前方的路况，时值节日的夜晚，夜空星月高挂，街头火树银花。

因二人有很多共同的朋友，于是前者看到了十几条的回复，无一不在惊诧后者原来是隐性白富美，后者只是回复了笑脸，并未多言，像是默认。前者沉不住气了，带着替天行道的正义感回复道：这样发照片，大家会误以为是你的车，不太好吧？

后者火速回复她：哪里不好了？我哪句话说是我的车了，发个照片也要被你公然挖苦讽刺，究竟是我虚荣，还是你虚荣到连别人误以为我是白富美你都接受不了？前者再想私聊解释点什么，收到的却是"对方还不是你的好友……"的提示。

一对闺蜜就此拜别。

另一件事是这样的，她们是大学时代的好友，友情一路延伸至今。有一回逛街，她们竟与当时同班一名男生不期而遇，于是三人加了微信。回去之后，各自联系，再见面的时候，一个问另一个："你们都聊什么了？"另一个不假思索地递上手机给她听。她从头到尾听了一遍之后，怒气冲冲地指责道:"你为什么要把自己的生活说得那么好?你还是跟当年一样虚荣!"另一个像被吓到了一样杵在原地,喃喃自语:"我哪里虚荣了?"

事后,她着了魔一样四处询问自己的其他朋友:"我虚荣吗?我只是正常地回答了他的问题,我现在哪里工作,住在哪个小区,先生做什么生意,孩子在国外读书。""是啊,"小可安慰她,"难道要跟久别重逢的男同学说,因为孩子成绩不好才送去国外念书,你虽然身为主编但是报社已经风雨飘摇,先生虽然资产百万但是去年刚刚摘除了胆,这才算是不虚荣吗?"

又一对闺蜜一拍两散。

据说香港娱乐圈的某位女星,刚出道的时候同时有两位金主赠其豪车以示仰慕,这位女星灵机一动便选择了同款,然后自己返回4S店偷偷退掉一台。那以后,她再接收礼物的时候,都会选择同一款,留下一个,退掉其他折现。女星得意地将这件事告诉了自己的闺蜜,这位闺蜜虽然从女星那里得到过不少同款礼物,可到底还是将此事"不小心"透露给了八卦记者。

她断了闺蜜的一条财路,也失去了这个朋友。

就像虽然婚外情让人无法原谅,但真正为此离婚的人并不多。闺蜜之间亦然,男人会成为闺蜜反目的第一把利刃,好在这把刀并不轻易出鞘。反倒是虚荣和嫉妒——她看不惯她虚荣,多半是因为她嫉妒她有的她没有。那些关于炫富和秀恩爱到底是缺什么才秀什么,还是嫉妒什么才看到什么的争论,像酱肉掉在裤子上,你是心疼裤子还是心疼肉一样难解。

有人心疼肉,有人心疼裤子。只有格调高的人才说得出,我心疼的是酱,因为肉可以拿起来吃,裤子可以回去洗,只有酱,渗到了裤子里,没有就是没有了。

闺蜜情,就是酱。

虚荣和嫉妒各是一道心伤，出现的时候不分彼此成对成双，谁都觉得自己是无意的，无意间说出了对方的秘密，无意中触到了对方的痛处——当然是无意，必须是无意，才得以区分过失杀人和谋杀的量刑。可惜更多的时候，过失也好，蓄意也罢，人死不可复生，因为给对方造成的是相同的后果，在这样的后果面前，无意，显得多么无关紧要。

女人的人际关系无非这三种：洗了头发才能见的人，不洗头发就能见的人，洗了头发都不想见的人。只有闺蜜关系囊括了这三种，势均力敌的闺蜜要洗了头发才能见，亲如姐妹的闺蜜不洗头发就能见，至于挑破了虚荣和嫉妒这层窗户纸的闺蜜，就像失去了酱的肉和裤子，洗了头发也不想见了。

那些年，我们一起欺负过的

很多人的青春深处，都站着一个少年，每想一次他的名字，回忆就会脚下一绊。

少年有一个邻居，回忆绊了一下之后便停在了这样一个男生的跟前，他不高也不帅，经常被你欺负，却仍然乐此不疲地帮你去图书馆占座，像个"死跑龙套的"，低声下气地喜欢了你很多年，也被你无视了很多年。

少年往往独自在篮球场上练扣篮，他那么耀眼，仿佛世界上所有的女生都配不上他，结果往往跟一个"怎么可能是她"的女生成了恋人，令人大跌眼镜。原因很简单，只有她敢自告奋勇地上前，所以少年是她的了。

"死跑龙套的"通常成群结队地出现，他们晃荡在盛夏的校园，只身穿一条大短裤，每个人的脖子上搭着一条毛巾，趿拉着拖鞋，其中一人手里拿着一瓶沐浴乳，大大咧咧地走向学生浴池。也许你要问：洗发水在哪里？对，出门前在每个人的头发上挤了一坨。当你刚好站在寝室的窗前朝下望时，不得不感叹，这与生俱来的屌丝气质啊，就是扔到娱乐圈里被冯小刚力捧十年，他们也红不起来。

其中一个"死跑龙套的"工作以后成了小可的同事，他身材浑圆，天气凉的时候喜欢戴一条橘色的围巾，活脱脱的一只帝企鹅。听说小可失恋后，他请小可去 K 歌。小可一口气点了十几首，从王菲到梁静茹，那阵势就像他来听她的演唱会。唱累了，小可问他："你怎么不唱？"帝企鹅说："自己唱得太好了，不能轻易开嗓。"小可将信将疑地问："究竟有多好？"他说："好到不管我点了谁的歌，每唱完两句都要把麦克风移开一下。"小可问他为什么？他说："因为只有这样才能判断出有没有关掉原声啊！"失恋后的小可第一次笑出声来。

公司搞活动，晚上员工聚餐。餐厅里面人声鼎沸，门厅里排队的人比里面用餐的人还要多。小可叫了几声服务员都不见踪影，只见帝企鹅不紧不慢地拿起白天活动用的扩音喇叭呼唤：服务员，服务员……餐厅里霎时安静了，所有的服务员都从四面八方仰头张望，寻找着声音的来源，就像《西游记》里的妖怪听到了主人从天而降的声音：你这孽障，还不快快现出原形……

涉世之初，薪水微薄，何谈积蓄，要是不在发薪水的前一天把口袋里余钱用完，就好像无颜面对江东父老一般。有一天中午，身无分文的小可让帝企鹅请她去吃肯德基，帝企鹅只剩下了十块钱，他说只能请小可吃一个甜筒，万一下午没发薪水，余下的几块钱还够他下班搭地铁回家，以及明天早晨上班。小可同意了。

肯德基就在公司旁边，队伍排到他们的时候，小可变卦了。服务员问他们点什么。小可说：一个老北京鸡肉卷，老北京鸡肉卷刚好十块钱，如果买了这个，帝企鹅就身无分文了。他慌了，连忙说："两个甜筒。"小可说："一个老北京鸡肉卷！"帝企鹅说："两个甜筒！"几个回合下来，服务员不耐烦了，后面排队的人也不耐烦了，服务员看到钱在帝企鹅的手上，就带着"最后问你们一遍"的口吻对着他说："到底要什么？"小可不作声，她妥协了，心想甜筒就甜筒吧，好过什么都没有。万万没想到，帝企鹅竟一时紧张地说："一个老北京鸡肉卷！"

服务员二话没说抽走了他手上的钱，回头到透明的餐柜里取出一个老北京鸡肉卷放在餐盘里推到了小可跟前。帝企鹅盯着那个鸡肉卷，说道:"我不是说两个甜筒吗?"小可跟服务员,还有周围的人大合唱一样齐声说:你说的是一个老北京鸡肉卷!帝企鹅不可思议地看着周围的人,感觉自己被全世界玩了。

那天下午,公司财务去报税,下班前没赶回来。帝企鹅是怎么回的家,小可不得而知了。可以确定的是,过了这么些年,再没有一个男人为她花光过口袋里的最后一分钱。

■ 有些爱，不配倾城

叹息的事业线

单身的时候最怕失去什么？

除了命，也就只剩下工作了。

失业之后要先找工作，然后才是找对象。相亲的时间可以另约，面试的公司却不等人。没工作的时候找男朋友，人家会说："你要是想找一钱包就别见了。"

就像在相亲的路上遇到过不少值得拍照留念的男嘉宾一样，小可的事业线也是跌宕起伏。国内某知名婚恋网站和国内某知名求职网站的APP手拉手站在小可的手机屏幕上，像等待着主持人公布年度上榜率最高的两位大咖。

小可曾就职于一个以加班文化著称的公司。下班之后，只要老板不走，谁都不可以先走，不管你是忙工作还是逛淘宝，总之不可以走在老板的前头。那个五十岁上下的男人，不知道是怕黑、怕鬼，还是怕寂寞，毕生最大爱好就是夜幕降临后，推开办公室的门，看到灯火通明的办公区里齐刷刷的加班大军。

小可说："每次老板走后，同事们都以快闪的速度从公司消失。"有一回，老板不知忘记了什么东西，十分钟之后返回办公室来取，刚刚还人满为患的办公区里，就只有小可和另外一个同事真的还在加班。那个平日里给手机充电都只在公司的老板，被青灯古卷下的两个人感动得一塌糊涂，上前亲切地问他俩："吃饭了吗？"小可跟同事摇摇头。老板心痛地说："这怎么行！"说完转身就走，再回来的时候，给他们每人买了一根雪糕。

一年后，小可跳槽到了一位女上司的麾下。这位女上司喜好钻营职场红学，经常在开会之前做一个让人摸不着头脑的小调查。比如说，她问大家，前段时间热播的电视剧《红高粱》谁看了？小可和同事们彼此看了看，高高低低地举起手来，一个个都暗自琢磨着女上司接下来会把哪场戏与职场法则结合起来。结果女上司说："事业成功的人从来不看电视剧。"

女上司开部门会议的时候，喜欢把大家召集到她的办公室。办公室里有一个四人位的沙发，每个部门的人进来都不够坐，需要几个人自带椅子。女上司洞若观火，几次会议开下来，就攒出了一个新会议：职场是有伦理的，有些人进来就坐在沙发上了，他的领导还在旁边站着；有的人从来都是把沙发让给别人，自己带椅子进来坐；还有的人不仅把沙发让给别人，还会拿椅子进来安置好其他人，最后想到的才是自己。

那次会议成了一个分水岭，各部门再到女上司办公室开会时，都以抢着拿椅子让别的同事坐的互相礼让为开场，激起了沙发上那层轻薄的浮尘。

再次离职之后，小可被前同事推荐到一家知名地产公司面试。那位经常在热点节目里为市民分析楼市走向的潘总，这一次亲自面试女助理。小可端庄地坐在他的面前，找到了相亲的感觉。潘总对小可印象不错，看到她简历上有在上海工作过的经历，立即大加赞赏，先是觉得小可离开上海很可惜，又聊了几句家常，如果小可没记错，原话是这么说的："我的太太和小孩还都在上海。"

面试之后，小可信心满满地走出那座堪称地标的写字楼。她回头望了一眼，心想，以后就要到这里上班了，原来啊，对的工作就像对的男人一样，缘分到了的感觉真好！

周末，小可跟几个朋友去一个海边度假村烧烤，大家都为她找到了新东家而高兴。烧烤环节结束后，一行人喝得歪歪斜斜地往房间走。走在最前面的小可脚步慢下来，被前面的一对手持房卡相拥找房间的男女挡住。小可怎么看都觉得男人的身影有点熟悉，后面的朋友催促着喊着小可的名字，那对男女应声也回过头来。

潘总的脸距离小可的脸，当然不止 0.01 公分的距离，但是足够他们将彼此认出。那一晚，还没报到就已经失业了的小可，脑子里翻江倒海的疑问只有一个：他的太太和小孩不是还都在上海吗？

爱情里的局外人

"像他这种男人,根本不会再有女人愿意跟他在一起!他心里只装着自己,谁嫁给他都不会幸福!"

离开一个男人时,你有撂过这种狠话吗?小可有。幸亏当时我没邀她下注,不然她绝对会把住房公积金里的钱都取出来,输个倾家荡产。

那会儿的小可在报社工作,被体育部的一个记者狂追。所谓狂追的阵势铺排得相当到位,报社上下几百号人,连原本不知小可姓甚名谁的领导都知道了有这么一档事。体育记者什么都好,就是脾气暴躁,五行缺耐心,让他教小可如何下载一个游戏软件等于要了他的命。

这唯一一段离小可婚姻最近的恋情,在拍婚纱照的当天崩盘了。体育记者受不了满头大汗地任人摆布,笑僵了脸部的线条之后与小可当众吵了一架,摔门而去的时候还推了她一把,她倒在了泡沫般堆起的婚纱上。

婚事泡汤之后,小可从报社离职了。离职原因是,她受不了那些关怀又八卦的眼神和议论,以及跟体育记者在走廊里相遇时像当日拍婚纱照一样僵硬的笑。后来,体育记者的婚讯,来得有些突然,是小可买早餐时在报刊亭摆在显眼处的那摞她供职过的纸上看到的。

11月11日光棍节,记者蹲守在民政局门口做随机采访,体育记者和刚刚成为他妻子的女人每人拿着一本结婚证拍了一张大头合影刊登在报纸上。他结婚了？他结婚了！而且是闪婚，在小可赌咒起誓没有一个女人愿意嫁给这个脾气暴躁的男人之后。

访谈部分，体育记者说："一直想在这一天告别单身，没想到真的遇上了对的人。"他的新婚妻子说："婚事会一切从简，仪式都是办给外人看的，他们不打算拍照摆酒度蜜月。"最后她夸赞了一下自己的先生，"谢谢上天让我遇到了他，只有他能包容我的坏脾气。"

小可一边看一边用细软的吸管戳豆浆杯，那个早上连同那杯带着烟味儿的豆浆，颠覆了她始终坚信的一些爱情观。她有些不确定自己究竟是怎样的一个女人，谈贫穷的恋爱时，为了满足与男友租房的刚需，她四处兼职，分手时被指强势；跟男神交往时，她从来不敢找他一起逛街，因为那是女人之间的事；水管堵了，她不敢麻烦他上门来修，他修长柔韧的手指是用来弹钢琴的，怎么会跟修水管扯上关系……直到分开许久，她路过一家餐馆的窗前，看到那只用来弹钢琴的手正拿着筷子，专注地将剩下的食物分装进餐盒打包，坐在他对面那个肉眼凡胎的姑娘在玩各种自拍。

小可方才悟到了自己失手在哪里，情场里的男人是遇强则弱，遇弱则强。你包容了他的坏脾气，你就是他的出气筒；你像爷们儿一样扛起你们的生活重担，他只会在下一段恋情里接过别人的重担；至于爱一个人爱到发了疯，必须忍痛分手才能召回自己的魂，不要紧，要紧的是有那么一天，一头栽到了原来你的男神只是另一个女人的草履虫的现实里。

小可回到了家，掀掉了笔记本键盘上覆盖的透明薄膜，扔掉了比自己内衣款式还多的手机套。还有她的车，像一个长年修行的禁地，不可以在里面吸烟、吃东西、喝饮料，开门关门的时候都要力度刚好——因为太爱一样东西或者一个人，往往付出了过剩的精力去呵护，让他们失去了人尽其职、物尽其用的本能，最终退化成一部被淘汰的"新"手机，被爱得像客人一样的恋人。

谁说等着你煮面给他吃的人不会转头煮面给别人吃,我们都有把自己去爱的方式重组,再以全新的面貌出现在另一个人面前的天赋。所以,当小可听到办公室里 90 后的小女生当众起誓赌咒"像他这种男人……"的时候,只是很过来人地笑了一笑。

我们都哭过的沙发

这天下午,表弟坐在小可家的沙发上哭。

小可和表弟小时候仅在逢年过节见过几次,直到表弟大学考到了小可所在的城市,姐弟之情才算正式拉开帷幕。表弟很用功,一边读博,一边供一个小房子。因为家庭情况不同,结婚这件事,表弟显然比小可面临着更大的压力,毕竟,他还肩负着传宗接代的使命。

表弟的导师给他介绍了一个女朋友,就在他打算安排时间带女孩儿去见父母的时候,女孩儿提出了分手。

小可看着哭哭啼啼的表弟问:到底为什么啊?表弟平复了一下情绪,开始倾诉:"我觉得恋人之间不该有所隐瞒,就主动告诉她,父母都在乡下,我的房子很小,还在按揭,我五岁的时候还做过心脏病手术……"结果她说:"为什么我们每次约会,你都带给我一个坏消息?你总是把自己说得那么惨,是在考验我吗?还是为了逼退我?"表弟觉得委屈:"可是姐,我不是把自己说得惨,我是真的惨啊!"

小可哭笑不得地上前给他抹眼泪,就像安抚那个小时候过年因抢不到糖果哭到把鼻涕流到嘴里的小破孩儿。其实她知道,表弟并不惨,他只是没跟女孩说,自己是理科状元,博士毕业就会直接留校,乡下的姨父姨妈身强体壮,老早就存够将来供孙子出国念书的钱,私底下叫她别跟表弟说,因为"那孩子心眼儿实,留不住话"。

大城市里的表弟有些自卑，那颗早已痊愈的心脏在术后二十五年仍经不起失恋的打击，夜半无人时站在大雨滂沱的广场上大哭，那情景真是既像抗战剧又像偶像剧。他把双肩书包狠狠地摔在地上，任冷冷的冰雨在脸上胡乱地拍。

几天前，小可也在这个沙发上恸哭过。她喜欢的那个男生，在交往之初就交代了自己的身家——父母在他年幼时离婚，母亲再嫁，他跟着父亲一路长大。职业使然，他二十四小时开机，接到电话就冲出门，时而一身正气，时而一身匪气。他第一次到小可家做客，等他走后，小可惊恐地发现：在马桶圈上留下星星点点的水渍，烟灰缸周围是零零散散的烟灰，抱枕上是琐琐碎碎的头屑。没有话题的时候，小可问过他，上一次恋爱是什么时候？他说是一个月前。小可不解："怎么会这么快就走入新恋情？"他说："因为她不爱他了，她无声地退场了，他连最后见一面的请求都被她驳回。"他像对着一位红颜知己一般的诉苦，亲戚家的哥哥姐姐不是考上了公务员就是子承父业，唯有自己做着一份有风险没前途的职业。说罢，他喝了一口啤酒，打了一个山响的饱嗝。

小可看着他涨红的脸，一只挽起的裤管，想起了那些烟灰和尿渍，心中原本涌动的一腔热情，正在渐渐冷却。她不要将未来漫长的人生交付给这样一个邋遢男人，只好选择了前任走过的路，无声地打起了退堂鼓。

那个男生倒也识趣，没再联系小可。小可松了一口气，终于在他身上找到了一个优点——不纠缠。直到半个月后，小可躺在沙发上敷着面膜煲电话粥的时候，响起了敲门声。她匆忙挂线走到门口，警惕迟疑地问了一声："谁？"消失了半个月的声音响起。小可怒从胆边生，打开门劈头盖脸地数落起来："你有没有礼貌？快递上门都知道事先打个电话，你为什么不能？你以为我单身就意味着可以随时登门吗？"

被一通抢白之后，他有些尴尬，说："来的路上一直给你打电话，始终占线，我们单位过节发了一些水果，刚好顺路就给你送来了。"说完，他干笑两声,低下了头。小可这才顺着他的目光也低下头,一箱红酒,一箱葡萄,一箱奇异果,一箱"不是所有的牛奶都叫特伦苏"。小可的面膜干了,轻飘飘地落下,她抬起一张惨白的脸望向他。他二话不说就把东西一样一样地搬进门,然后退出去。

他说:"我没有跟你联系,就是想看看过多久你才会主动联系我,现在我明白了,你永远不会。"他揉了揉她的头发,像她最初认识的那个他一样,潇洒地转过身咚咚咚地下楼了。小可望着空荡荡的门口发怔,被手机的短信声唤醒,是他的:以后半夜喝多了找不着家,还可以给我打电话,人民警察为人民。

小可捏着手机跑到沙发上恸哭一场。一边哭一边被心里的声音审问着:你不是到处声称只想找一个爱你的男人吗?为什么来了你又不要?你不是说自己从来不是完美主义者吗?为什么却败给了这些无关紧要的生活细节?

哭够了,小可平静地看着门口那几箱水果饮料,她决定分给表弟一半,顺便告诉他一个道理:不要在相识之初就让你的缺点先入为主,每个女人都会情不自禁地爱上英雄,哪怕他战死沙场,哪怕她守望余生,也不愿意去接手一个连自己都厌弃自己人生的厌货。

知道太多，就回不去了

男人有一个本子，本子上记满了自己各种社交工具和日常网站的登录名和密码，密密麻麻十几页。如果没有这个本子，他几乎没有办法买东西、订机票、登录邮箱……

后来，他谈了一个女朋友，他忘记了自己做了几年的单身狗，仍然蹲守着固有的生活习惯，仍然把那个最怕被敌特发现的情报本子放在电脑旁边。再后来发生的事，真的让人有些不忍心往下说了，他的女朋友像无意中闯进了案发现场一样，沉着冷静地掏出手机拍了几张照片，就把案子破了。

雪上加霜的是，这位先生从来没有删除记录的习惯。他的女朋友，先是查看了他的"十年账单"，了解了他的消费能力；然后进入中国人才热线，浏览了一遍他的简历，给他将来的职业走向做了一个初步评估；紧接着，进入了他的邮箱，顺藤摸瓜地一路"下一页"到八年前他跟不知前多少任女友互通的邮件。这真是一项浩大的工程啊，她撕开了一盒酸奶，活动了一下颈椎，又皱着眉头输入了聊天软件的密码，生平第一次找到了女黑客的感觉。

女黑客进行了各种复制粘贴，各种截屏另存之后，对他展开了漫长的审讯。究竟有几段恋情？她们都叫什么名字？四年前给谁网购的内衣？买过那么多狗粮和宠物用品，狗在哪里？上个月去香港出差订的酒店为什么是双人大床房？

他蒙了。他不是不想回答，也不是不敢承认，问题是有些事情他真的想不起来啊！就连有时候翻看手机的通讯录，都有捶胸顿足想不起来某个名字是什么人的时候，何况四年前的内衣啊。

她证据在握，他一筹莫展。相恋之初对一个人的好奇和小小的猜疑，在一个用来备忘的黑色本子面前真相大白。审讯的最后，变成他在她的提示下追忆起了匆匆那年——他为何换工作，与某某是怎么认识的，与另一个某某合养了一条什么狗，订了大床房是因为没有商务房了。

那一晚，口干舌燥。他把所有的话都说尽了，不知道下一步该怎么走；她有一种知道得太多就回不去了的感觉。

说话达人秀节目《奇葩说》，某一期辩论的话题是"要不要查男人的手机"。这真是一个永远都不落伍的话题，虽然不见得每个男人都有备忘录，手机却是人手一部。从前查男人手机，看点只有两个：通话记录和短信记录。现如今，随着手机功能的无所不能，可查范围和难度系数也在与日攀升，不掌握一点儿核心科技，估计连他屏保是什么图案都看不到。

通话记录和短信记录早已经是原始社会的事了，360的隐私保护系统直接把那些敏感人士的来电来信化为屏幕左上角一个只有当事人才看得出的小点，在你眼前响起都无从查证，更别说选中删除这等多此一举的环节了。

查男人手机查什么，尤其是交往之初的男女，完全可以光明正大地提出："我能看看你的手机里有什么好玩儿的软件吗？"多数男人是不会拒绝的。重点来了，要是这家伙的手机囊括了各大团购的APP，那也是穷抠细算惯了，不管他有没有钱，都别指望他给你花什么钱。看看他听什么音乐，如果有《小苹果》，你妈又是广场舞一枝花，这门亲事应该问题不大。

小可从来没有查男友手机的习惯，却摊上过一个行车记录仪一样的男友，闲来无事就刷着她的手机问东问西。即便是跟闺蜜聚会，也要现场视频给他看一下。越是这样，小可越是从来不查他的手机，直到有一天，男友出门后把手机忘在了洗手间里。

神经大条的小可脑洞大开，习惯性地拿起自己的手机给男友打电话，想通知他把手机忘在了这里。结果，令人叹服的事情接踵而至，电话通了，小可眼前的这部手机却没有响起。她立即挂断了电话，心跳加速地盯着男友遗落的手机，哪里不对？

原来他有两部一模一样的手机，只是这一部从未在小可面前响起。

有些爱，不配倾城

同学会已随乱红飞花去

"到了咱们这个年纪，要是还对青春撒不开手，打死也别去参加什么同学会啊！"

这是一个刚刚参加完同学会的男同事给小可的衷告，在听说她要回老家去参加高中同学会之后。下了班，几个平日要好的同事一起吃饭，那个男同事喝了点酒，无比感伤地说："那些年，我们一起追过的女生，因为没人帮她带孩子，又嫌在家闷得慌，就抱着孩子来参加同学会了。"

"怎么样？辣妈吗？"有人好奇。

男同事说："都看《甄嬛传》了吧？"

"看了看了，像谁？"这回是集体发问。

"像慎刑司里的嬷嬷。"

一句话引爆了笑点，却还有人不死心地追问："然后呢？"

"然后？"男同事又给自己倒满了一杯，"然后孩子又哭又闹，我怎么也想不到她就当众掀起衣服给孩子喂奶。"

这么有视觉冲击力的画面，像一个拍卖锤，在小可心中"去"的那边一锤定音。女人只要做了决定，剩下的就都是穿什么的问题了。小可对着衣柜，对着那些真假参半的包包犯难，真的是经典款，有些过气了不说，还要冒着跟女同学撞款的风险；假的就算了，平时自己搭着玩还好，动真格儿的场合心里还是有些没底。

她预想了一下那个刀光剑影的场合，同学们从四面八方汇聚一堂。有人带着"看看多少人过得没我好"的热望而来；有人为了摘下自己当年眼镜、胖子、牙箍、奶妈的绰号而来；有人一进门就顺手将印有LOGO的车钥匙放在桌上；有人不管人能不能认全先发一圈金箔名片，血洗被同宿舍兄弟们嘲笑高中三年没换过袜子之耻……

女生们必定会披金戴钻，名牌缭乱，孔雀开屏一般媲美，自己要想博一点小小的出位，只好另辟蹊径。小可决定穿一件宽松的米色T恤，牛仔裤，再搭一条浅灰色的轻薄围巾，背一只藤编的包，力求彰显年轻随意的气质。

结果到了现场，小可失算了。女同学们清一色地扮起嫩来，法令纹深如括号的女生穿了一件鹅黄色大嘴猴开衫，留在老家开幼儿园的女生剪了齐刘海，裤子像个灯笼，把坐在中间的小可衬得像个居士。

生活把男生们用同一种饲料喂成了自家兄弟，白的像馒头，黑的像猩猩，身高几乎都与体重持平。一个男同学眯着眼睛问他当年的女同桌："你结婚多长时间离的？"女同桌回忆了片刻，一脸认真地反问："你问的是第几次？"另一个男同学把胳膊架在身边女同学的肩上，掏心掏肺地叮嘱她："买什么门票啊！你以后再去上香就提我，那个庙里的住持是我朋友！"

有人认识看病的，有人认识算命的，有人认识搬家的，有人认识出家的……仿佛在这群人里没有扯不上的关系，办不成的事。班长继续往班级的微信群里加入新同学，那真是让小可最烦心的一个群了。好几个女生的孩子都是大家在群里看着长大的，包括喝什么牌子的奶粉，拉什么颜色的粑粑。

小可正犹豫着回去要不要退群，一个男生起身时撞倒了桌上的酒瓶。他晃了几下，被身边的人扶稳，拄着桌子哭了起来："要是今天老刘在就好了，老刘啊，没考上大学，一喝酒就跟我提高中时候的事儿。老刘要是能来得多高兴啊！"说完，他抹了一把眼泪鼻涕，走向了洗手间。

嘈杂的分贝降了下来，有人提议："咱们为老刘喝一杯！""老刘怎么没来?"小可小声问旁边的女生。旁边的女生说:"你不知道?"小可说:"知道什么?"女生说:"老刘去年突发心梗,没了。"

没了?小可在心里默默地重复了一遍。她有一个大学同学没了,过劳死;有一个初中同学没了,抑郁症;这回又一个高中同学没了,心梗。每一个人生阶段,都有不同的人退场,招呼都来不及打,彼此之间那仅此一段的人生交集,终将被岁月淡化成一个名字和一个死因。

还是不要再聚了吧,小可在回家的路上想,就让参与了自己每个人生阶段的人都周正地停留在合影里。男同事说得对,要是你对青春还撒不开手,就不要去参加什么同学会了。谁都不敢确保自己听到任何人的好消息时都像他妈妈一样引以为傲,却又不愿意看到昔日陷自己于绝境的人抢救无效。

当年的美好,用来回忆的时候依然觉得好美,我们终将会学会不在当下叹年轻,只与生人道人生。

每个女人的心里都住着一个小女孩

每个女人的心里都住着一个小女孩。

这个小女孩永远停留在四五岁的光景，懂一点事，又很天真，时常会语出惊人。可以说，这个小女孩，是一个小女孩长大成为女人之后，在心里重新定制的一个自己，回不去的自己。她住在心里很深、很柔软的地方，只有在她生病的时候，爱上一个人的时候，受了委屈的时候，那个小女孩才会从她心里走出来，摸摸她的头，替她哭一场。

住在我心里的小女孩，像所有小女孩一样喜欢公主裙，但她的质地到底还是纯棉的。她有一个叫作猪么的小名。她会大声地喊："我不是公主，我是女汉子！"然后提到她喜欢的小男孩，她会低下头，害羞地笑。看到她害羞地笑时，我的心就松动了，确信等她到了我这个年纪，提到她喜欢的男人时，依旧是这样低下头，害羞地笑，不知把手放在哪里好。

小女孩第一次出现时，我睡在她家的客房。房间里很暗，她站在半掩的门口看着我。小女孩梳着齐刘海，披肩发，有一点小小的散乱。我向她伸出双臂，她犹犹豫豫地走过来，乖乖地坐在了我的身边。

这个不是小胖子，但是肉感十足，像个高密度娃娃的小女孩，每天都会带着我在她家的小区里散步。夜晚的小区路灯氤氲，不知名的花散发着不知名的香气，我们俩拉着手，一路彼此默不作声地走着。她忽然仰起头说："老姐！""哎！"我应了一声。"一起唱首歌吧！""唱什么？"

"王菲。"我在想，王菲的哪一首呢？她已经咬字不清地唱了起来："摇晃的红酒杯，嘴唇像染着鲜血，那不同寻常的美……"原来是《王妃》，我不会，我的KTV必点曲目是："朝着日落大道奔去，久别重逢是否可能……"

头上不时响起飞机驶过的轰鸣声，那些人，从哪里来，要到哪里去？这么晚了，要奔赴一段怎样的旅程？可有人以最美的姿势等待着重逢？可有人曾像我一样，穿越回记忆，与住在自己心里的小女孩拉拉手，走一走。

我用心去感受这只小手的质感，像一颗多肉的绿植。她曾拍着手给我唱过生日歌：祝你生日倒霉，祝你洗澡没水，祝你蛋糕发霉，祝你出门见鬼……她也会在玩耍时突然大声问："谁是大头姐姐！"我便迅速地举起手，回问道："谁是小头妹妹！"她亦举起早已准备好的小手。

小女孩去练琴的时候，我问她："要不要把电视关掉？"她急切地说："啊不要！那是我最喜欢的动画片，你先替我看！"我有点发蒙，那种感觉，像你的一个闺蜜给了你一件衣服，无比痛心地说："亲爱的，这件衣服吊牌还在，我买的时候特别喜欢，可是，我没瘦下来，你穿吧。"

很多次，我想蹲下身来，跟我的小女孩说点儿什么。说点儿什么呢？我想说："宝贝，幸福和快乐相通，却又有着微妙的不同。世界没有恶意，那些热衷于打探你生活的人只是有一点儿八卦。"

你那么活泼讲道理，尽管会用小小的手段讨价还价一小下，但是你要记得，无论今后你成为什么风格的姑娘，都不要失去扑到我腿上撒着娇喊"拜托啦"的本能。尽管你从不用大哭和撒野的方式达到自己的目的，但是，有些时候，你可以这样做一下。爱情和人生，本就有了太多过气的道理和案例，假如大哭和撒野可以让人少一道皱纹，干吗不偶尔为之呢？

你从不纠结的理性老妈和书生气质的绝世好爸，已然给你灌输了太多以和为贵、和谐社会的正能量。接下来，你狡黠的老姐告诉你：想当公主，不难，只要够穷又有穷骨气，争不到喜欢的人，问题不大，只要有钱，大可以挑挑拣拣。韩剧都是这么演的。

　　你够老的老姐，已然既没有公主的命，亦没有什么钱，尤擅裹紧外套，迎风而行，心底带着一点儿寥落。但这必定不是你的路子，因为，小女孩：我放了太多爱在你的眼里眉间，陪你一路成长微笑着去看世界。

爱囤积和断舍离

一个人住久了，会养成自言自语的习惯，尤其是看到令自己不爽的人秀自拍，一声冷笑或一句脏话就像呼吸一样吐了出来。没有人一起八卦是何等寂寞的事，感觉家里的墙壁都是冰的。

当小可打定主意要换一种生活时，她只用了一天时间就做到了：第一，登录同城信息网，把租房信息挂上去；第二，在家等电话；第三，打开门，迎接合租的新室友。

新室友个子矮，巴掌脸，眼睛小，戴黑色的美瞳，站在搬家公司送来的打包箱中间，看上去就像一只小仓鼠站在集装箱码头。你的东西好多啊！小可不由得发出惊呼。小仓鼠抬起头，细声细气地说："是啊，我从来不丢掉东西的。"

很快，洗手间的四层置物架被小仓鼠的东西塞满了，绿萝、浴刷、香芬、面膜碗，以及各色洗护用品，新的旧的满的空的，还有一票干脆没开封的，像排列密集的玉米粒。小可真是见识到了什么叫井然有序又透不过气。

每次推开小仓鼠的房门，小可都担心这个房间有一天会因超重突然下沉，砸伤楼下的人。拆包整理的时候，小仓鼠说："她小学二年级的时候，喜欢一支带香味的圆珠笔，没钱买，去学校门口的文具店足足看了十七次，直到它被高年级的一个女生买走。"说着，她拉开抽屉拿出一个铁盒，掀开铁盒的盖子，满满一盒子香味圆珠笔，然后平静地说："可惜没有那一支。"

小可问她："那么多洗护用品用得完吗？"小仓鼠说："它们不是用来用的，是用来看的，看着它们才会觉得日子是满满登登热热闹闹的，哪怕过期就扔掉，也会再买一瓶新的替换原来的位置摆放。"小仓鼠接着说，"她每年都会用一套海蓝之谜的钱买强生、欧莱雅、卡姿兰和网络达人推荐的市面上找不到名目的瓶瓶罐罐，她穷怕了。"

好在上天有好生之德，赐给穷怕了的小仓鼠一项技能，让她在囤积之余成长为一个整理控。她那五十件格子衬衫按色系整齐划一地挂在衣柜里，地上小花毯没有沾染到一丝檀香灰，她早睡早起，通常会给小可烘焙一份面包，再背上帆布包搭地铁上班去。

有了这个室友的比较，小可的生活显得潦草无比。每个周末，她都看着室友听着音乐，用一块干净的小毛巾把房间里的一器一物擦拭干净，包括公共部分。小可有点不好意思，欲上前帮忙。小仓鼠摘下耳机说："你看着我收拾就好。"小可说："怎么好意思让你一个人辛苦。"小仓鼠说："不辛苦的，扫除是有魔力的，它可以让房间变得整洁，也可以让人释放压力，舒缓心情，自身的一切也会随之变好，会招桃花、涨薪水呢。"

小可第一次听说打扫房间也可以招桃花，这句话要是钟点工跟她说，她会以为这帮人想钱想疯了。现在，小仓鼠拿着小毛巾不紧不慢地游来游去，像破产姐妹养了一条清道夫。她们终究是两个世界的人：一个擅用删除和丢弃的方式解决问题，一个擅用囤积和整理的方式喜新念旧；她有太多的人和事需要告别，她有太多的情结和空余需要保留。

她们坐在春日午后窗明几净的餐厅里喝茶，小可在删除社交工具上无关紧要的人，小仓鼠在给自己下载的几十个 APP 归类命名。小可说："加一下你的微信？"小仓鼠摇摇头："我没有微信。"小可觉得不可思议，小仓鼠笑了，我只储物，从不囤人。

真是让人刮目相看。总有一些人,假装群发一条问候进行一次"谁把我删除"了的摸底排查,他们兴许不懂,删掉你的人自然不在意你对他的处置。你可能跟小可一样崇尚极简主义,也可能像小仓鼠一样爱囤积,可有一样,手机也需要拿得起放得下,人际关系也讲究断舍离。

不是所有人搭讪都用绿箭

那天,小可在货架上拿一包卫生巾,去往收银台排队。

有一个收银口只站着一位与小可年龄相仿的男士,他正从购物车里把东西一样一样摆放在收银台上。小可站在了他的身后,在收银员把他最后一样东西拿起来扫码时,她把卫生巾往收银台上随手一扔。

"一共是198元,有会员卡吗?"收银员问道。

那位已经掏出钱包的男士不知所措了,小可也慌了,连忙上前说:"那个,卫生巾是我的!"收银员看了他们每人一眼:"你们俩不是一起的吗?"

他们也互相看了一眼对方。这位微胖的男士看起来很好欺负,他买了一堆油盐酱醋,显然是个伺候老婆的居家男人。站在他身后的这位素颜女子,从扔卫生巾的架势来看,分明就是带着一股对老公粗心的不满,又懒得多说他一句的怨气,怎么可能不是他的当家主妇呢?

收银员皱着眉头说:"要找来组长刷卡才能打开抽屉重新结账。"说话间她拿起了对讲机。不明真相的群众排在队伍后面,不知道出了什么状况,而那个居家小胖自始至终没说过一句话。等了一会儿,还不见解决问题的人过来,小可对小胖说:"要不你先帮我付了吧,出去我把钱给你。"他"哦"了一声,乖乖地打开钱包,有零有整地付了账。

新的难题马上就来了。走出收银台,小可递给他一百块钱,他说找不开,刚把零钱都给收银员了。怎么办,小可正在想要不要重新回到超市买点其他东西换钱,他倒是小声献上一计,要不,就算了……

两个人都笑了起来,笑得就好像是左右没多少钱,毕竟是夫妻一场的意思。他们在超市门口恋恋不舍地向左走,向右走。小可赌定那个小胖没有勇气问她要电话,毕竟是卫生巾,不是口香糖。

这件趣事在相当长的一段时间里,成为小可只要想起,就会心情转好的一杯优乐美。可惜如此可遇不可求的经历,发生率极低。

小可的榜单上,还有一位好心人,以这样的方式登场:一个酷夏的正午,小可出门。上车之后才发现是需要投币的,并且分段收费,她既没有公交卡也没有零钱,于是就想跟车上的乘客换一些零钱,可是那个凶悍的司机不允许乘客在车上换零钱,勒令小可在下一站下车。

这时候,一位男士从后面的座位上站起来说:"我给她投!"他从牛仔裤后面的口袋里掏出一叠钱,抽出一张十元纸币塞进投币口。小可连声道谢,他说着不用客气,瞪了司机一眼又返回座位上。

小可坐在了与这位男士相隔一条过道的位置,她感动于他的英雄救美。路途尚远,冷气怡人,小可慵懒地靠在椅背上,像住进了别人掏钱给她买的房子里。

至于那位替人投币的好心人,回到座位之后就开始闭目养神,养着养着就睡着了。任与他相邻而座一臂之隔的小可憋了一路,硬生生地没法给好汉留下后会有期的机会。直到她下车,无限留恋地回头看了他一眼,他仍旧睡得人事不省。

那可是七块钱啊!小可心想,他用十块钱替她付了七块钱的车票,价钱等同于一包卫生巾。该怎样为这两个不求回报的人分出排名先后呢?

不是所有人搭讪都用绿箭。有些搭讪也仅仅是用来证明他只是一个好心人。

外婆的荤油坛

时间像神，众生平等。

这些年来，小可全力以赴地生活，认识了一些人，经历了一些事，去到了一些地方，存了一些钱。看起来好像没有在什么不值得的人身上耽搁过，也没在口水的肥皂剧情里泡过，只是到了旧历年底，她还是会想起外婆。

很多姑娘提及自己的外婆时，都像迷恋星座一样依赖着那个带有一点魔幻色彩的小老太太。她们有着自己信奉的古老习俗，在某些事情上遵循着固有的禁忌。比方说，小外孙女吃饭的时候不能哼歌，否则将来会嫁给傻子；下雨天的时候不可以学结巴讲话，不然雨停了会变成结巴；清明节去先人的墓前祭扫，下山的路上不能回头看，回到家里是要发烧的；孩子咳嗽总不好，多半不是肺热，而是到十字路口烧几枚邮票就好了……穿枝拂叶地说了这么多，是希望能积累出一个专题叫《舌尖上的外婆》。

小可的外婆有一只神秘的坛子，这个坛子只在每年除夕的夜晚出现，跟小可共同完成一个仪式，从她二十四岁起沿袭至今。第一次完成这个仪式的时候，她并不晓得自己在干吗。外婆会装作若无其事地支使小可："去，帮姥姥把那个油坛子搬过来。"她就屁颠颠儿地跑过去，把那个黑乎乎的坛子端给外婆。

后来，表姐给小可讲起了其中的典故：年三十的晚上，老人让到了婚嫁年龄的姑娘去挪动装着猪油的坛子，因为猪油俗称荤油，取动荤（婚）之意。表姐说，她就是前年年三十的晚上搬动了荤油坛子，国庆节的时候结了婚，现在儿子一岁多了。

那一年，荤油坛子的事在小可心里七上八下，有一股力量驱使着她，总好像活在未婚妻的状态里，还偷偷跑去试过婚纱。一直到十月底，她还在心怀期待，现在闪婚这么流行，没到最后一刻什么都说不定。

与荤油坛子结缘的第二个除夕之夜，外婆又使唤小可，让她去帮忙把荤油坛子搬来。小可走到那个老坛子跟前，心想着，能不能是知道了其中的寓意所以不灵了呢？转而想起表姐的成功案例，还是恭恭敬敬地把它端到外婆跟前。

一年无话。第三年除夕，外婆上演帽子戏法，小可的心态已然懈怠。坛子还是那个黑黢黢的坛子，小可还是那个单身的小可。搬吧，举手之劳，外婆高兴就好；心里却想着，事不过三，这次要是不灵，老子再也不搬了。

第四年，外婆不在了。那时候，除夕之夜万家灯火，窗外礼花齐鸣，一家人其乐融融地围坐在电视机前看《春节联欢晚会》。那是2012年。小可独自站在与她交手过三年的荤油坛子跟前，这是她和外婆之间一个没能说破的秘密。小可闭上双眼，仿佛又听到了外婆像往年一样喊她："去，帮姥姥把那个油坛子搬过来。"然后，她手落坛起，麻利地搬起来向厨房走去，独自完成了这个仪式。

第二天，亲戚们聚到一起，一边嗑着瓜子一边叨唠着："小可还没对象呢？""别挑了，过年都多大了！""我像你那么大的时候……"对于小可终身大事的品评，是每年春节家人团聚时的一道硬菜，走过路过的都可以拎着筷子过来尝一口。

小可不动声色地擦拭着荤油坛子，看着它通体乌黑油亮，捧在手上像个柚子，沉甸甸的，不由生出了一期一会的心境。要是外婆还在，她还愿意像等圣诞老人一样,用装糊涂的配合去回报外婆的疼爱。

至于那些还在问东问西的亲戚们,凑成两桌麻将好了,她们叽叽喳喳的,远不如荤油坛子的寓意来得实在。

多少军师在情场

每个情场上的女子,背后都站着一个男军师。

需要军师出手的时候,通常都是没摊上什么好事。小可的军师被雪藏多年,近日终于得已重新起用。他在电话的那一端"啪"地点燃一支烟,听弟子将军情细细报来:

第一天,我去相亲,彼此感觉良好,他送我回家之后去他好朋友家里住,两个男人大概会八卦一下我吧。第二天,他们同时邀请我去他好朋友家吃火锅,并且他好朋友加了我的微信,盛情邀请。然后,我们一起去超市买食材,买啤酒,三个人有说有笑好不热闹。到了晚上,他的好朋友去跟女友约会,给我们留下了独处的空间,还悄悄地塞给他一枚安全套。结果,我极力反对,安全到家。第三天,相亲男无声无息,倒是他的好朋友不停地找我去他家聊天。

军师一言不发地听小可讲完,问她:"你有何不懂?为师不吝赐教。"小可愤怒至极:"我行走江湖多年,见到过极品,挑战过奇葩,可还从未遇到过这种事!他俩从小一起长大,他怎么可能背着他单独约我呢?难道是他们商量好的,他不打算跟我进一步发展,于是转手让给了他朋友?这太恶心了吧!我要去揭穿他们!"

军师出手了,第一句话就落在了点子上:"以我一个男人的角度来看,赶紧把这两个二货都拉黑,不得再有任何联系。相亲男没再找你,说明对你兴趣不足，起码没到霹雳闪电被击中的感觉。拿下你是喜事，拿不下不跌份儿，反正可有可无。约你男，自我感觉良好，自觉你对他也感觉不错，心想，反正我朋友说不想发展了，我何不约来试试？至于整件事是哪种真相，相亲男是不是被蒙在鼓里，对你来说一点儿也不重要。万一人家真的是友情转让，你自作聪明地跑去拆穿真相，还不被这俩男的活活笑死。"

小可用蚊子一样的声音说："可是我对相亲男印象还行。"军师语重心长地开导她："小可你知道吗，有一种男人叫暖男，好比为师；有一种男人叫渣男，好比觍着脸约你去他家聊天这厮；除此之外还有一种男人较难识别，他们是酥男，也就是跟你相亲的这位，看上去好像人五人六的，可是你只要拿一件事去试探他，轻轻一碰，他即刻就会粉身碎骨，落地成渣。"

小可听了笑个不停，欢快地说："然后吹来一阵风，他们就混在一起，你中有我，我中有你了，是吧？"

军师见她心情转好，便也开起了玩笑："这两个男人什么来路啊，我素日见你情商不低，但凡涉及男女关系，向来都是眼观六路耳听八方，怎么会被这种无良小开玩弄于股掌，竟还要跑去揭穿真相！为师告诉你，无论何时都不要乱了阵脚，更不要为了逞一时之快做出什么自降身价的事情来。凡事只要你不说就没人知道，虽然是这个理，但是处世的最高境界并非是否理会别人怎么说，而是不能自己恶心了自己。"

听完军师的一席话，小可才安心地将这一页翻过。鬼才黄霑写过一句歌词："情场中几多高手，用爱将心偷，就像你偷得痴情，剩我一世忧……"自古情场多高手，高手难免遇千手，要是没个军师傍身，再来几个闺蜜热血搅局，这些百思不得其解的漫漫长夜是得有多么令人泣血。

下个月，是这位军师的生日，送他点什么聊表寸心呢？假装忘记了，没良心；送贵重的，舍不得；一定得是别有深意又花心思的，小可苦思冥想，临睡前想到的是他拆开礼物时，顺理成章地拿出一把黑白相间的羽毛扇子的画面。

每个情场上洒热血的女子，都该有这样一位军师！

女人天生爱算命

要想在女人扎堆的场合用一句话凝聚所有人的注意力,你可以说:"我昨天去算命了。"

表姐说这话的时候,正在看《纸牌屋》的小可,右手像被人操纵了一般按下了暂停。她走到桌前坐下,桌前的几个女人个个屏气凝神地望向表姐,像在等一道太后的懿旨。

表姐看着手里正削着的苹果说:"我问算命先生,我什么时候能怀上二胎。你们猜他怎么说?"周围像群山在回声:"怎么说?"表姐说:"他让我去医院做个检查,看看是不是身体有什么问题。"小可沉不住气了,"我不是上周才陪你去检查过的吗?"她的话,把其他人吓了一跳,这帮女人压根儿没留意到她是什么时候坐过来的。

表姐说:"是啊,医生还是朋友介绍的熟人呢,她一边给我做检查一边说,各项指标都正常,况且你都已经生过一个了,要不然花点钱去找个人算算?结果倒好,算命的让我去看病,看病的让我去算命。"

表姐的两难拉开了玄学的话题,女朋友们竞相奉上自己在算命道路上的遭遇。其中一个姑娘,不仅早已把自己的命算到了炉火纯青,还能用毕生所学给身边的人看个面相、手相什么的,美中不足的是她还缺一个好名字。

这怎么行,踏破铁鞋,访遍民间神婆,一个月内几易其名,每次改了名字都群发一条短信告之各位亲友。表姐说：时常接到朋友更换手机号码的短信通知，唯独她，号码不换名字换，每次都是刚刚叫惯了她的新名字，新名字就又成了旧名字。也难怪，为了赚到更名费，起名测字的大师们恐怕此生都无法达成共识。而这姑娘本人，名片印了一批，作废一批，每逢老朋友把她引荐给新朋友时，都会忽然转过头问她："你现在叫什么来着？"

对于算命这件事，小可也曾经痴迷一时，并且一度为了破解与前任男友的"无缘"，不惜花重金请了一道符。她将那道三角形的红纸符塞到了钱包的暗格里，直至分手多年后更换新钱包才重又发现此符。她以一种时过境迁的心情将那个红色的小三角层层又叠叠地打开，以为会看到类似于象形文字之类的符号。结果，什么都没有，只是一张手工折成的三角形红纸而已。

她很想打个电话去请教一下那位下符的大师，想想又算了，人都飞了，还去讨要说法有什么意思。万一大师说，色即是空，无即是有，有缘是缘，无缘也是缘，她岂不是又傻眼了。

后来，小可图方便，在网上拍过一次算命。网上算命的价格也是高低不等，贵一点的一卦一百，便宜一点的十卦一百，薄利多算，一直算到客户满意为止。看评价，有一位大师准到连你家洗手间里挂的是什么颜色的毛巾、养的是什么品种的狗都知道。小可又手痒了，她拍下一卦，客服让她报上自己的姓名、网名、星座、邮箱、出生地、生辰八字等资料。大师粉丝众多，要在线排队。排到小可的时候已经是一个星期之后了。不等小可发问，大师径自说来：三年前的一段感情经历对你打击不小，你因为忘不了那个人所以至今单身。小可被吓到了。大师接着说："你面圆耳阔，天庭饱满，鼻梁高挺，下巴丰厚，生就一副旺夫相，可是命里晚婚，切莫心急。"小可刚要发问，大师又说："你嘴角生了一颗痣，要妨小人暗算，易生口舌是非啊！"

大师居然连这颗痣都算出来了！小可服气了，她问大师："我想报考公务员，不知能否考上?"大师给出了一个全宇宙准确无敌的答案：你有百分之五十的机会，好生把握吧。小可还要再问，客服提示说："只能问一个问题，再问就得再拍一卦了。"

小可怏怏不乐地下了线。隔了一段时间，她忍不住又上去找大师，想再拍一卦，却看到了一连串的买家差评："骗子！只会百度搜索别人资料，一点儿也不准！""在线观音灵签我还用找你?!"

小可如梦方醒，立即输入自己的网名，邮箱等资料，结果跳出来的第一个就是她的博客。点开进去，荒草萋萋的博文里的第一篇，写的就是三年前的失恋。博客头像上，那张婴儿肥的大圆脸正朝着自己傻笑，嘴角像沾了一粒黑芝麻的正是大师口中那颗"易生口舌是非"的痣。

小可又到了一个免费在线算命的网站，输入自己的各项资料，跳出来的结论跟大师预测的一模一样："命中占晚婚，切莫心急……"想到那一百块钱，感觉就像明明楼下超市有的卖，自己却花钱找人海外代购了。

终于，小可在算命这件事上金盆洗手了。她咬了一口表姐递上来的苹果说："我想开了，命里有时终须有，没什么好算的。"那个喜欢改名的姑娘马上接茬儿："我看也是，还不如咱们一起改个好名字呢。"

如果实现了，就没有梦想了

每一次关上酒店的房门，她都会环视一下房间，安静地默想好长一段时间。

这是最接近梦想的一段时间，她在脑海里将这个房间清空，然后重新进行空间设计——哪里摆放床，哪里摆放衣柜、书架、茶台、单人沙发、奈良美智的梦游娃娃……知道她的人，都知道她有一个关于小公寓的梦想。还有一个浴缸，浴缸旁边的置物架上高低有序地摆放着玻璃罐，里面装着各种味道的精油和色彩缤纷的浴盐。

厨房只需要一个小小的敞开式操作台就够了，踮起脚尖就能够到操作台上面的吊柜里放着的咖啡和茶，弯下腰拉开下面的抽屉，看到的是为数不多但却温润浑圆的杯盘碟碗。要有一只汤锅，在湿冷绵长的冬日煲各种汤，从浴缸里踏出来，捧着热汤坐在窗边喝上一碗。

床头要朝着窗子摆放，阳光和月光都能倾泄在床上。还有午夜的清风，不知穿梭多少时空来入梦，撩起旧日的情怀，在枕边涌动。她想要的床是比单人床宽一点儿，又要比双人床窄一点儿，这样一来既不会显得拒人千里，又不会让另一边浪费空间。

衣柜和书架各自靠在一边的墙壁拔地而起，尽管现在还并没有那么多衣服和书，可是来日方长，日子和空间像燕子衔泥一点一点填满才有生机。书架的顶格就摆放一盆常春藤吧，枝枝蔓蔓地向下伸展，路过一格一格的手绘、寓言、诗歌……

冰箱上贴着一些便笺和明信片，房间拐角的墙根处插着一盏小夜灯。它在夜晚散发出一团柔黄的暖光。那团暖光成为黑暗中的一个萤火虫，无论从多么荒诞的梦里醒来，寻到那个萤火虫的微光，就不会慌张地想自己这是身在何方。

　　奢侈一点儿的话就再有一个阳台吧。能够眺望大海，听潮起潮落，看云卷云舒的阳台……这个奢侈还是留给胸怀大梦想的人吧。

　　她想要的阳台，只需隐匿在爬山虎覆盖的红墙上，站在上面望去是一棵老树的枝上，夏日晾晒一些衣服，秋日清扫一些落叶，藤椅上蜷着一只睡不醒的肥美花猫。

　　这样的小公寓可近在闹市，远在近郊；可以是酒店式公寓，也可以是老房子的顶层，扬起头可以看到鸽群嘤嘤嗡嗡。她想，日后嫁人搬离这里也不要将它租出去或者卖掉，那是一个女人精神的栖息地，虽然空着，锁着，只要薄薄的钥匙在握，就多了一份自由和自我。

　　她有一个不为人知的习惯，每个星期都去住一次酒店。城市里有许多主题不一的酒店，酒店里有很多个亟待她重新设计装修的房间，足够她一间一间地住下去，一间一间地设计下去。小公寓的梦想好像已经默默地完成了许多遍。每当她站在酒店的窗前，从不同的角度俯视着这座熟悉的城市的时候，都能生出新鲜的陌生感，自己便不再是平日里的那个自己了，仿佛一场白日梦，自己成了故事里的人。

　　前几天，一个在地产公司的朋友打来电话，说他们公司在近郊新开发了一个楼盘，其中有一栋温泉入户的酒店式公寓，精装修，可直接入住。他能拿到内部价，问她要不要考虑一下。起初她很雀跃，跟着朋友去看了几个样板间，每一个都那么尽如人意，可是她怎么都想象不出自己生活在这里的画面。也许是房子太新了，也许是装修太现代了，也许梦想和现实总有差距。

　　她回了朋友的话，还是决定不买了。朋友很意外，"那不是你的梦想吗？"她说："是啊。"朋友问："你不想实现梦想了吗？"她说："如果实现了，就没有梦想了。"

男人的面具和女人的谎言

她，个子不高，谈不上漂亮，也没什么积蓄，但是她一心想成为焦点，成为公司里的话题性人物。

她有一头浓密的卷发，越发显得下巴尖尖的，与男同事擦肩而过的时候眼神空洞，回到座位后却喜欢在线上私聊时小小地发嗲。

她喜欢把私生活包装得富有神秘感，这是她唯一的乐趣。她习惯性地撒谎，且从不精编细作，哪怕是些无足轻重的小事，谎话也是张口就来，随意得好似吐了一口烟圈。只要手持着咖啡的纸杯，想象公司的女同事们如何围坐在一起八卦地对质和猜疑，她就忍不住在万米高空上有一种痉挛的快感。

她请了三天假去了哪里？前台的小罗说：给人力资源部送文件时，亲耳听到她说想回厦门探望一下父母；财务部的佳佳说：明明在洗手间里听到她打电话是让广州的朋友接机啊；还没过试用期的艾米睁大双眼说：不会吧？她新换的签名可是"在丽江等我"……

她的飞机将会抵达哪里？没有人知道。她痴迷地活在扑朔迷离的谎言里，只要她想，就可以编造出任何的经历和去向。她在公司里没有什么女朋友，独来独往地上班、下班、用餐、补妆。男同事们似乎对她谜一样的存在总是比对其他女同事多出几分留意。有不少人在她的有求之下也为她效劳过，却又都隐隐地觉得不该在人前提起。

共事的时间久了,女同事们在她身上总结出一条结论:你永远不知道她哪句话是真的,哪句话是假的,包括午餐吃了什么。

他,喜欢看谍战剧,用家里的电视、书房的电脑、出差在外随身携带的 iPad。他可从来没觉得有什么惊心动魄的,偶尔还会给某段剧情挑一下漏洞,这样行走在刀尖上的角色对他来说不算什么难事,他演绎的本就是双面人生。

他的身上没有陌生女人的香水味,钱包里没有购买女性服饰的回单,信用卡没有在异地透支的记录,他不抽烟、不喝酒、不打麻将、不泡夜店,进了家门就把手机关掉,除了每个月到另一个城市的分公司去出差几天。

婚后七年,妻子早已对他放松警惕,很多时候觉得跟他在一起的生活过于干涩。除了自己,不会再有第二个女人愿意跟这个传统而古板的男人生活在一起。他满意于自己在人前塑造的角色——好老板、好丈夫、好父亲。没有人知道,当他的车被拥堵在一望无际的红色尾灯之河时,他之所以从不焦急,是因为他享受在这样孤独又安全的时间里回想另一个自己。

正是因为有了另一个自己,才能让他安然回到平铺直叙的生活里,无怨无悔,无欲无求。另一个自己只在他每个月前往出差的城市里存活几天时间,出入风月场所,纵情于声色,毫无节制地喝酒,醉后不假思索地说着一些自己都听不懂的话。在那个几乎无人相识的城市里,他有如神助般的拥有燃烧不尽的欲望和用不完的力气,直到登上返程的飞机,整个人涣散在座椅里。

子夜十分,机场就寐,像灾难过后的空旷建筑。她从书包里拿出随身携带的保温杯,拧开盖子,撕开一袋速溶咖啡倒进去,起身踩着高跟鞋去接开水。

他刚看完一集谍战剧,关掉 iPad,伸展一下双臂,起身去向洗手间。

擦肩而过时,他们没有多看彼此一眼。

她有无数个吹弹可破的谎言，花样多了，自己都摸不着真相的脉搏；他从不需要谎言，只因有一张虚伪到极致的面具，被时间打磨得坚不可摧。他们唯一的交集是即将登机后相邻的两个机位。

　　他会戴上那张习以为常的面具回归到日常的角色里。她还得继续仰仗谎言的力量占据公司里话题女王的宝座，只有不被女人喜欢，才能得到男人的偏爱。

　　飞机加速的时段，他回想着这几天的放纵，她想象着回公司上班后背后的窃窃私语，终于各自满意地闭上双眼，准备安心地睡上一会儿了。

　　最让人琢磨不透的两样东西，恐怕就是男人的面具和女人的谎言。

细碎流年里的小确幸

天干物燥的季节，出门吹过一阵春风，回来之后嘴唇就开始发痒，隔天起床对着镜子，看到了一串细密的水泡。水泡晶莹欲滴，不日又结成了痂，她刚要伸手去撕，记忆里便跌进来一个人。

那个人，她是爱过的。尽管他爱她不多，也不持久，但却因一个微小的动作为他在她心里赢取了一席之地。在每一次她要伸手去撕嘴唇上风干的死皮，就会想起。他们是怎么认识的，后来又是因何而分开，像侯孝贤的电影，只关细节，无从始末。

记得有一回，她睡在他怀里，他从身后将她环住。她先醒来，不想起身将他惊动，又穷极无聊，便伸出手去撕嘴唇上结痂的死皮。她的手指刚刚触碰到嘴唇上那一小块微微翘起的边缘时，他就将她的手按下，握在手里，然后像什么都没有发生过一样。

天气好的时候，她曾经去附近的一所大学的操场上跑步。跑着跑着就认识了一个男生，那个男生拿着一包纸巾，从后面追上她说："学姐，你的东西掉了。"她将速度慢下来，看着那包纸巾，也看到那个男生略带惊慌的眼神。她被他的诚意和笨拙打动了，接过纸巾，说了声谢谢。

男生在校读研，比她小六岁，约她周末到学校的放映厅看电影。她是有多少年没有重返校园了。电影的中途，她主动牵了他汗渍渍的手。散场之后，他送她回家，她站在二楼的窗前看到男生转过身一路狂奔，那么青春矫健的背影狂奔在月朗风清的早春之夜,她不免为之心有所动。发短信过去问他:亢奋什么?他回:"钱包掉在放映厅的座位上了。"早已过了陪读的年纪,跟他并肩走在校园有所心虚。再后来,两人渐行渐远,终于不再联系。

休息日里,她去家居店买一个鞋架,鞋架装在一只又长又扁的纸箱里被她半抬半拖着,忽然听到有人喊她的名字。迎面走来的这个男人不是她的老板吗?怎么也跑到这里来逛平民家居店?他说:"朋友家装修,跟着过来看看家具,现在没事了顺路送你回家吧。"

说话间,老板夺过她手里的纸箱领着她朝停车场走去,高大的身影替她挡住了晃眼的夕阳。到了她家楼下,他不由分说地从后备厢里将纸箱取出,扛在肩上,问了一句:"几楼?""六楼。"这个男人风度翩翩,平日里那么高高在上,他们本就是管理与服从的关系,以至于此刻,她只有回答与服从的份儿,忘记了还有礼貌和客套这一说。

进了门,他将外套脱掉,直接打开纸箱,将鞋架的零部件一一摆放在地板上,有螺丝刀吗?她连忙去找,递给他。他像一个匠人,一板一眼地将鞋架组装好,端正地摆放在门口的位置。她两手空空地杵在那儿看,没给他倒一杯水,也没递上一条毛巾擦擦手,直到他站起身拎过外套要走。他站在门外说:"晚上一个人在家锁好门。"她站在门里说:"哦。"

她还是会去那所大学跑步,从春天跑进夏天,一些打不开的心结,跑着跑着就散开了,柔顺地随风飘洒,像洗发水的广告。坐下来休息的时候,偶尔会想起在这个操场上,提醒她掉了纸巾的男生,他应该早就毕业了吧?那以后,再也没人叫过她"学姐"。

步行回到家,打开门,把运动鞋脱掉放在鞋架上,光着脚打开电视机。本地新闻正在播放一条杰出企业家论坛的报道,其中一个企业家免费送货上门帮她组装过鞋架。她看着屏幕上的他,手指最终还是攀上了嘴唇,从那一小块微微翘起的边缘撕了下去,一粒血珠瞬间盛开,被刺痛的快感袭来,双臂发软。

爱一个人的时候,最怕日夜兼程的付出落了空,心却仍有不甘地悬在原来的高度迟迟不肯回落。无人爱的日子才最寂寞,好在还有细碎流年里的小确幸,聊以消磨一个人的时光。

一只备胎的退出感言

电影刚刚开场，一阵手机铃声响彻全场，小可的男朋友一边压低声音接电话一边往外走。这一走，人就再也没回来。小可看着电影，全然不知演了些什么，到电影院外面去寻人，活不见人，死不见尸。男友的电话起先是通话中，再打是无法接通，最后变成了"您拨打的用户已关机"。

五个小时过去了，这位用户的电话终于通了，对方已经人在新加坡，说临时接到上司的指令，要他同去新加坡解决一个商务纠纷。被挂掉电话的小可气昏了头，不知道男友的这种撤离方式是公司文化上梁不正下梁歪，还是以为只要是公事就可以理直气壮不需要在去机场的路上打个电话说明一下。

他怎么可以这样?!

一个声音媚笑着说："他只对你这样。"

他也不是一开始就这样的，任何恋爱的赛制都是站在同一起跑线上，历经关山飞渡，艰难险阻，结果不是你要了他，就是他收了你。不知道你有没有发现，被约会迟到的人，被临时爽约的人，被任何突发事件横刀夺走成了最后一个打发的人……往往都是同一个人。只要他事后一句"因为你最重要，所以排在最后"，就把你逼上了慈母的神坛，任心里有再多的怒火和委屈都只能一拳一拳地打在棉花上。

一旦被对方竖起了"最重要"的牌坊，就会身不由己地朝着这个方向去完善自己，站在擂台的另一端，不会出手，只会接招，节节退败。

　　交往过这样的男人，就像被人吐过一口口水。趁他还在新加坡，小可打算把这段关系好好捋一捋。究竟是哪来的那么多重要的事，一个电话就能让他沐浴更衣驱车前去，为什么每次他温顺地出现在她身边，都像是刚刚在另一个女人那里受了伤害和刺激——她有一个隐形的情敌，不言而喻。

　　他给她唯一的尊重是，每次当着她的面按下拒接的电话都说是公司有事。她不想深究这得是多么不可或缺的职务，不分昼夜，大事小情都要他到场亲力亲为。难的是面对他的眼神，为一个女人六神无主还是真的为了公事坐立不安，用阑尾都能分辨。她不忍细想，是因为喜欢，话到舌尖留半句，睁一只眼闭一只眼。

　　那个媚笑的声音又说："男人就是这样，只要有的选，只要有人等，他就徜徉在一对多的关系里忙得不亦乐乎，好不容易当一回荷官，握着一手好牌不知让谁赢钱是好。哪像是备胎，备胎是没有选择权的。"

　　谁说没有？备胎可以选择退出，把他的多选变成单选，或是干脆没的选。张爱玲的一句"爱一个人，就变得很低"不知害了多少女人，仿佛不低不贱就不是爱。付出真心，并不意味着要放低姿态，在不对等的情感关系里待久了，会把尘埃里的人消耗成亚健康状态。明明不喜欢这种感觉，却又说不清问题出在了哪里。小可在脑海里与那个声音对峙着。

　　她想好了，饭可以一个人吃，电影可以一个人看，说不定还会有人前来搭讪买单。知道自己玩不起，就别假装什么事都放得开，她才不要像《被嫌弃的松子的一生》里的松子那样，抱着"总比一个人好"的信念，每一次不计前嫌地奋力去爱，换来的都是不被选择，被伤害。

　　时间是一记化骨绵掌，与其等一个不珍视你的男人回心转意，不如说是在跟自己的忍耐力软磨硬泡。女人可以没有爱，但是经不起等待，谁都不晓得命运下一步的安排，哪有时间看连载。他日真要是等来了他上门求情，敢情是另外一只备胎想明白了先走一步也说不定。

爱得深爱得早，不如爱得刚刚好

一个女人和一个女孩喜欢同一个男人。

女人比女孩大十岁，她像当年的她，于是她心软了，决定退出。尽管她不占任何优势。可是后来，男人选择了她。

她是怎么做到的？她其实什么都没有做，是那个女孩爱得太用力，把他推到了她这边来透透气。她听说，他生日的时候，女孩想送给他一块亲手做的蛋糕，他觉得很好，可是后来发现，她提前两个月不惜重金报了一个西点学习班，为了做一个手工蛋糕，荒废了其他所有的事情。他约女孩出来，她听说他跟客户吃过饭了，就干脆自己也不吃了，守着他一杯咖啡一壶花茶。他出差归来的飞机临时改签，要晚八个小时才能抵达。她为了接他，不肯回家，在机场附近的酒店开了一个房间，黑着眼圈一直熬到他落地……

女人的表现则是淡淡的，他主动联系时，她就很积极地回应；他没有音讯时，她过自己的生活，忙自己的工作，见自己的朋友。一段时间之后，他发现了，在女孩那里，自己是唯一；在女人这里，自己很重要，但并不是必不可少。不费吹灰之力就成了唯一，像是生在帝王家，小小年纪就登基继承了皇位，哪里有枕戈待旦打下的江山肯舍命珍惜。

女孩用心去研究他的星座，照着他喜欢的女明星的风格穿搭。女人还在做自己，只是会在送给他的小礼物上选择他中意的颜色和花纹。女孩会偷偷地在他手机的备忘录里提醒他，相识的纪念日、她的生日。女人早就不过生日了，那些流于形式化的日子也早已跟每个寻常的日子了无分别了。

其实女人何尝没有像女孩这么拼命地爱过，在她也还是女孩的时候。那时候的她，做过很多傻事，其中之一是她喜欢上一个有女朋友的男孩，男孩的女朋友买了两个情侣钱包跟他一起用，她也跑去买一个一模一样的钱包，三个人一起用。她还曾经把她和男孩之间发过的所有短信输入成文档，那时候的短信存储空间是有限的，亦无法从手机里直接导出。那么多的短信来往，变成文档足足有四十二页，像给韦小宝攒的"四十二章经"。他点开附件之后，足足对着电脑失神了好一阵。

当她是女孩的时候，也曾握着手机苦等回复，让闺蜜帮忙旁敲侧击地传话，努力在他的朋友面前表现，假装自己还有其他追求对象以期引起他的重视……如此炽热地去爱了几个人，她的真心都没有换来回应。后来，她终于明白了，不爱，就是不爱，你只会因为他的不爱而更加爱，却无法用更多的爱换回他的爱。

等她慢慢地成长之后，主动给自己喜欢的人发信息，收到回复的时候，不再快乐得全身的毛孔能分泌出蜜来，而是像是借出去的钱，根本不指望一定能要回来。她跟一个男人约会，不方便接另一个男人的电话时，会看一眼屏幕策略地说：又是卖房子的。而对于另一方，她有太多美满的借口，既显示第一时间回复对方，又创造了自己没有特别把他放在心上的生活——"在看电影，手机静音""在健身房跳操，手机没在身边""在洗澡，刚看到"……

男人到底是靠征服欲驱动的动物，他们喜欢女人的迎合却不愿意失去进攻的权力；他们希望女人主动，也仅限于主动暗示他"搞定我，你有戏"，然后他们自然风驰电掣地前往，攻城掠地。当他们是男孩的时候，乐于四处散布女孩为他们做过的傻事，满足虚荣心和用来攀比，然后再转过头去追求那些对他们爱搭不理的姑娘。

男人喜欢女孩的年轻、活力，却已无心力去配合她的爱情游戏。她过了为爱去犯傻的年纪，他亦不愿再受累去当谁的唯一。最终他们走到了一起。

想来，世间所有的爱情都是一道数学里的"相遇"问题，不是相遇太早，就是相遇太晚，爱得深、爱得早，不如爱得刚刚好。

■ 有些爱，不配倾城

失恋后的单曲循环

她失恋了。

为了不去想那个人，她决定看一会儿书，可是书上密密麻麻的字里凸出来的就是他名字里面有的字，那两个字像被一只无形的红笔圈出来了，从不同的句子里走到她眼前，晃晃悠悠地拼成一个名字，向她示威。她立即合上书，塞上耳机听音乐，一时间，世上所有的情歌都在唱给伤心人，每一句都直逼泪点，赶紧关掉。爬起来喝酒吧，酒入愁肠，该如何管住自己的手，如何能不去点开那个头像，按下那串号码。

睡不着，醒不了，一想到那个人，他就带着背景音乐出现了。出现在他送她回家吻别过的紫藤花架下。她每天回家最喜欢经过的一处景观，如今像一个惨案发生地，不知要绕路走到何时才能打败触景生情这几个字。街口那家小酒肆的老板以为她搬家了，殊不知她一直不敢去，她不愿被问及"怎么一个人来啊"？旁边空着的座位会坐着一个鬼，慢慢地转过头来吓她一吓。

悲伤似檐前雨，一滴一滴，竟也汇聚成小溪，渐渐累积成湖，需要哭出去。到哪里去大哭一场才好呢？她不想坐在朋友的对面哭，泪腺里的那只湖承受不起娓娓道来的伤感；要不，就一个人去 KTV 吧，失恋了，唱情歌流眼泪，听起来比下雨天音乐和巧克力更配哟！又有点不好意思选择那么浮夸的发泄方式。她想到国外的电影里，经常有人在人迹罕至的山路上跑步。她需要这样一个地方,可是城市里哪还有人迹罕至的地方呢?公园里跑步的人,多得像是成人马拉松赛事,广场早已被大妈们占据多年了。

大哭无门的感觉,就像捧着一鱼缸的故事,无处放生。她只好暂别这座熟悉的城,再以游子之身归来,带着物是人非的久违感。终于能来一场说走就走的旅行了。她在网上报了一个自驾游,对于旅伴几人,途经几省浑然不知。打点行装到了集合地点,上车昏睡不知多少天,神志清醒的时候已站在海边了。

自驾游一行七人,只有两个女生。她置身于充斥着雄性气息的车厢里,行尸走肉般地跟着同伴们喝酒,拍照,一路上风餐露宿。没有人问她的年龄、她的职业、她爱过谁、她此行的目的,只是背着她开过玩笑:这姑娘好像是被咱们拐来的,有一种逆来顺受的美。

隔天去爬山,计划在山顶露营,清晨看日出。有人帮她背装备,有人在山路险要之处向她伸来援手。她抬起头,看着站在高处的同伴,那是一张陌生的流着汗的脸和晒得黝黑的手臂,在透过树叶的阳光里,他的汗水闪闪发亮。几乎是一瞬间,她就被一股强大的力量拉上了一个新的高度,山顶到了。

凉风扑面,同伴们无比兴奋地朝着对面的山谷高喊,有人将她拉到中间。她用尽全力地喊:"我—要—忘—了—你!!"霎时间安静了,只有她孤单的回声渐弱渐远。有一点泪漫上来的时候,不知是谁拍了拍她的背。

准备野餐的准备野餐,讲笑话的讲笑话,拍合影的时候,她又被簇拥到中间。一种人为营造出来的加倍的保护,让她鼻子发酸,一个她爱疯了的人不需要她,一群素昧平生的人呵护她。一个活力四射的男生带头喊着"洞房花烛——"大家一起回应"哪!"终于有一张照片,定格住她的笑脸。

转眼间归期在即。她简直不敢相信,一路前来的时候经过了这么多地方，都没有用心去看风景，盲人一样听着耳机里的单曲循环，一张嘴哼出来的就是副歌。终于有新歌响起来了，车载音响的效果简直好到爆，摇滚老炮低回地唱："鸳鸯双栖蝶双飞，满园春色惹人醉……"想到后会无期，她攒了几个月的眼泪终于姗姗来迟。

车窗大开，她迎风淌着泪，神情那么平静，平静到无人发觉。远处是雪山，即将迎来日出的万丈光芒。她知道，她迟早会在一个恰当的时机哭一场，却没想到有如此壮美的风光作陪。

这才是最感人的三个字

小可有几个心水闺蜜,她们的性格是清一色的直爽仗义,一般男人不太敢照量。她们年纪都比小可大一些,便习惯性地担负起买单的职责。她们最常用的口头语是"你的钱留着当嫁妆吧""等我老了还指你养呢"。要么就是小可翻钱包的时候,她们迅速抽出自己的卡,动作之杀气,神情之决然,足以让服务生朝她们伸过手来。

她们偶尔也会给小可买单的机会,比如一起吃路边摊,或者交停车费的时候,在十几元到几十元不等的小钱上,小可的踊跃付账通常都能如愿以偿。这是女人之间相互喜爱的方式,没有贵贱之分,贫富差距,春风化雨地走过那么多年,回想起来跟钱没有任何关系。

到了男人这里,就是另一码事了。相亲的时候,对方问她去哪里,她会当作是礼貌性地征求意见,绝对不会把某个高档的消费场所列入备选。她点不便宜也不贵的菜,她不喝华而不实的饮品。当服务员向他们推荐本店特色的时候,她会将目光滑到菜牌上的价位,然后以一种得体的方式去回绝。她总是给对方留有余地,将一切与钱有关的事宜牢牢掌控在不让对方为难的格局里——毕竟,他们还不是她的谁。

他们自然是不会给她付账的机会,这得感谢日趋完善的社交关系。她不去铺张浪费,也就相当于自己付了一部分心理账单,以免他们的心在送她回家之后独自返程的路上滴血。这部分账单其实是付给自己的,有些男人体谅得到。经济上的平等，才能为姿态上的平等打下基础，要不怎么说一个男人为一个女人倾家荡产之后，她除了以身相许就无以为报了呢。

曾经有一个男人，在小可生日的那天假装不知道这回事一样请她吃饭。小可去了，他从后座上拿过来一束鲜花和一只名牌手袋给她。小可的确有点惊到了。花算是意料之中，可是这位先生是如何知道她暗恋那只包已久却无力下手的呢？她将欣喜之情全部赠予鲜花，至于那只包包的防尘袋，她碰都没碰。

这真是一个敏感的礼物啊，收下了就等于默认了情人关系。她多么希望这只包包是她拾金不昧得到的奖励，回答每个心水闺蜜这只包的来历时，都能扬眉吐气，而不是像现在这样，原本只是伸个懒腰，却摘下了墙上的壁画。小可在极力压制着自己想抱着那只包跳车而逃的念头中，懂得了安全带的重要。

小可不是什么女权主义者，也不认同婚前财产公证，她爱死了一个男人把钱包和手机交给她的感觉。前提是，那得是一个属于她的男人，任由她自由支配的钱包，不需要屏保密码的手机，哪怕只够抽出一张小额纸币买一支冰淇淋。

曾有一位外国友人向小可请教"爱屋及乌"这个成语，小可解释说：就是一个女人爱一个男人的钱，没想到在后来的相处中居然不知不觉地也爱上他这个人了，是为爱屋及乌。她在外国友人一连串"NO"的怀疑声中，笑得前仰后合。

男人不愿看到一个女人为了钱而跟他在一起，就像女人不希望一个男人为了上床而跟她在一起一样。可是反过来说，当一个女人连他的钱都不爱了，又能对他这个人剩下几许兴趣呢？

请珍惜你们身边认真计较钱的女人吧，她们可能不擅长撒娇示爱，怀着一颗悲观主义的心不敢奢望天长地久，只有在一起的时候，她不拒绝你为她付账单，但绝不会轻易让你破费，这才是从行动上认定了你是她的人。

心中有猛虎，在细细卸妆

女人的心机随着时间的推移而增长。长到一定程度，便觉得好没意思，眼里没有看不透的男人，心里没有解不开的谜团，遇到渣男一笑了之，遇到男神克己节制。一年到头算下来，没落下什么桃花。

小可的一位女神级闺蜜，喝过一杯长岛冰茶之后，飘向窗外的眼神明显多了几分涣散。这是一个时刻知道自己在做什么，自己想要什么的姑娘，她把自己的生活经营得花团锦簇，在很多个领域都成为了小可模仿的对象。

可是，此刻她坐在小可的对面，抱怨着自己寥寥无几的桃花。小可深知，女神注定是被男人膜拜和幻想的对象，单是从她走路的姿态和节奏，就足以令想上前搭讪的人退下了——她步伐很快，每一步都踩得扎实，轻甩着头发，微微扬起下巴，疾步而行的时候就像刚刚做了一个重大的决定。

小可说：亲爱的，你走路的时候先把速度放缓，眼神装满犹豫，但是表情要有所期待，不是忧心忡忡的表情，而是整个人处于一种"选择谁都会伤害到另一个人"的两难之中，这样才能引起周围男士的注意。他们会想，这个女人看起来有点神情恍惚，等一下会不会需要我的帮助？当一个男人开始猜你，你就溜进他的心里了。

女神听了莞尔，溜进别人的心里易，自己看得上眼难。女神又叫了一杯别的酒。小可说：你知道吗？你从来都不给男人机会，看上去很难接近的样子。女神说：你知道为什么吗？因为有些人，从一开始你就知道他们是不对的，他们来自各个不可能的领域。对于工作中打交道的异性，他们的确非富即贵，非商界精英即钻石潜力股，可是在这个圈子里，稍有一点放纵就等于给自己打上了权色交易的标签。我这才得以每次都像男人一样据理力争，把酒言欢，弱化自己的性别意识。我不愿意把白天的时间浪费在后悔前一个晚上，本来就容易引起话题和是非，我是用保全自己的声誉换来今天的成绩。

小可仰视着面前的女神，女神的头顶有一顶王冠散发着隐隐的月光。小可说："那么其他男人呢？总还是有禁区之外的吧？"女神摇晃着杯中的酒，听着冰块清脆地撞击着杯子的声音，像是在自言自语地说："你知道吗小可，我有多羡慕你，你活在烟火与玫瑰的人生里，敢爱敢恨敢后悔，你全力以赴地去生活，爱自己的性别、生肖、星座、血型，连同这些年来遇到的人、经历的事。你热爱着自己拥有的一切，你的家人、朋友、闺蜜、前任……尽管他们并不完美，你难过的时候想哭就哭，气急的时候骂一句'去他妈的'一切就过去了。而我，每一步都如履薄冰，像爱惜生命一样爱惜自己的羽毛，连每天晚上对着镜子卸妆，都会细细地把当天发生的事情重放一遍，不容许自己半点瑕疵。"

小可明白，她的女神在寻找真爱的这条路上，对另一半的要求随着自己越来越优秀而不断累加。她的字典里没有"将就"二字。对于情人，她有另一套考核指标，绝不会因为不需要走进婚姻而降低标准。这两项指标在各自的领域里长年以来求贤若渴，却又一直在虚位以待。

小可记得有一次她问女神："有好用的面膜推荐吗？"女神的回答是："如果每天都做的话，所有面膜的功效都是平等的。"小可还记得，有一次陪女神从医院挂完水回家，她发着高烧，仍然弯下腰把拖鞋摆正，外套挂好。

小可和女神，她们都想成为彼此那样的人，因为无法成为现实，于是成为了闺蜜。小可从未从女神的嘴里听说过她羡慕谁。她已经站在了冠军的领奖台上看着国旗高高升起了，眼神却流连在那个角落里因为发挥失常错失了奖牌，却收获了爱情的姑娘。

花看半开，酒饮微醉，凡事刚刚好，也许才是最曼妙的人生。

有些爱，不配倾城

毁人不倦的照片

小可最近在化妆品方面砸下一笔银子。

她每天二十四小时开机等快递，数着日子等，跟踪物流信息等。在楼下碰到派件的小哥便主动上前问："有我的快递吗？"这积极主动的劲头要是用在求偶方面，估计早已儿孙满堂了。小可在等，等她的搪瓷隔离、零晕染眼线笔、歌剧浓密黑睫毛膏，还有一支丝绒哑光唇釉。她即将迎来一个人生中血洗前耻的大日子，不是嫁人，是重新办理身份证。

不知道有多少姑娘跟小可一样，掏出身份证示人的时候，比被问及三围码数还要难堪。它承载着你生命中不能承受之丑的一张照片，在银行、机场、酒店等需要你光鲜靓丽登场的场合给你当头一棒。即便自我感觉再好，被窗口工作人员查验证件时，都会有一种被超市保安抓到，让你打开包包检查时的惶恐。

有一回，单位组织旅游。小可兴致勃勃地提早三天收拾好小皮箱——那会儿的小可，极其崇尚"行走在路上"的生活，每年全靠单位集体旅行一次，回来发博客充面子。不管目的地是哪里，她都能找到小学开运动会前一晚的心情：兴奋、失眠，三五小时爬起来看云识天气。要知道，阴天下雨，运动会延期举行的沮丧，不亚于跟一个绝世帅哥打得火热，你以为就要水到渠成时，他却向你展示了他和他男友的基情合影。

第二天早晨，小可必然会比闹钟起得更早，戴着墨镜、穿着花裙，拖着小皮箱趾高气扬地出门。此时的小可，尚不知道等待她的不是机场，而是忘带身份证的黑色陷阱。

在机场，当同事们掏出身份证和登机牌在安检处排队时，小可的大脑一片空白，因为她无比清楚地想起，她换了钱包，那张带着自己不忍直视的照片的身份证，向来藏在原来钱包的暗格里，她没有换过来。那种感觉，像临终前看世界的最后一眼，耳朵失聪，眼前全是慢镜头。

万幸的是，一个熟悉的身影出现在慢镜头中，他手持着小可的第二代身份证，朝她狂奔。怕是只有那一刻，他在小可的眼中不是鸟人，而是天使。那是小可当时的男友。

还有一回，小可跟着闺蜜去做足底按摩。中午吃得脑满肠肥，只等待往按摩床上一躺，凛冽的寒冬中把双脚缓缓地探入滚烫的中药木桶里……结果一进门，迎宾小生脆生生的一句话，直接把她们推入了冰窖里："请问二位带身份证了吗？"

两个人面面相觑，足底按摩都要身份证？这还让不让人活了！

没错，足底按摩要身份证、买机票火车票要身份证、去银行办业务要身份证、住宾馆要身份证、韩式汗蒸的休息大厅要身份证……官二代、富二代、星二代，统统没有用，只看你的身份证二代。

唉，这个被身份证妖魔化了的时代，同事可能变成老板，老板可能变成老公，老公可能变成临时工，只有身份证最靠谱。它上面印着每个人最想销毁的如车祸现场一般的证件照片和经常与事实有所偏差的出生年月日。

当小可追忆与身份证有关的前尘往事时，唯一令她回想起来心怀温暖、嘴角上扬的就是，她从深圳过关去香港时，安检人员严重质疑身份证上那张狰狞的照片是不是她，要她背诵身份证号码的感人画面。

这下可好，身份证有效期逼近，小可得以整装待发去重新投胎了。她带着全套化妆品和一个月不吃晚饭后的瘦脸成果直奔办证大厅。坐在等候区排队的时候，她回想到掖掖藏藏的这些年，最好的青春年华里，为她验明正身的始终是那张最丑的证件照。而今得以用最美的微笑面对此后的人生时,如何拍得出青春的光彩?这何尝不失为一种错过呢?最美的照片与最好的时光失之交臂,听起来就像在一部史诗大戏里,他刚出镜,你便杀青。

假如遇不到另一个自己

小可的一位友人在来接她的路上发生了车祸。别担心，他人没事，只是车被严重剐蹭，并且爆掉一只轮胎。

在接她的路上发生意外事件，小可认为自己是有责任的，于是她在最短的时间内抵达了事故现场。她看到的场景是，一个财大气粗的中年妇女在指责她的朋友：你没注意到后面有车吗？小可的朋友和颜悦色地说：我实在没想到您掉头能占三条车道，我已经尽最大努力躲闪了。中年妇女说：我给保险公司和拖车公司都打电话了，修车需要多少钱，你给我打电话，我派人去垫付，你记一下我电话。小可的朋友连忙掏出手机，用心地记下来。

交警划分了事故责任，对方全责。余下的就是小可陪她的朋友一起等拖车来，再一同去4S店办理车辆维修手续。那位中年妇女跟着保险公司的人开车离去的时候，招呼都没有打一声。这让小可很愤怒，她转过头看着自己的朋友，他坐在小可的旁边拿着平板电脑说：要不要一起看个电影？

小可说："你车胎都爆了，还有心情看电影啊？"他说："那怎么办啊，那个大姐是个新手，没看到她的车轮上还系着红绸子吗？"小可说："可是她连一句道歉的话都没有，你的车要几天才能修好，这不仅耽误你出行，还有今天如果你有什么要紧的事不也被耽搁了吗？你看到她那个样子没？好像在埋怨你，干吗不躲着老娘一点儿，被我撞到算你倒霉。"

等了四十分钟，拖车还没来。小可催促她的朋友，快点给拖车司机打电话，问他到了哪里，不是说好二十分钟的吗？朋友为难地笑笑："不好吧，这样催人家多不礼貌，再等一会儿，哎，想想中午想吃什么，原本我是要请你吃饭的。"

小可崩溃了。她看着她的朋友，这位好脾气先生，不仅没有一丝怨气，反倒在安抚已近出离愤怒的自己。这世上怎么会有脾气这么好的男人呢？小可问他："你跟别人吵过架吗？"他摇摇头。她又问："什么事能激起你的愤怒？"他陷入了沉思中，显然是没有搜索到正解，片刻之后抬起头朝小可笑笑。小可不甘心，"别告诉我女朋友给你戴绿帽子你都忍得了？"他说："好聚好散呗。"

小可有一种败诉的感觉。她何德何能，拥有这样一位好脾气的朋友。据她所知，这位好脾气先生谈过一段七年的恋爱，在他生病住院的那段日子，女友坦言，她老板在追求她。他问她："他能给你什么？"她说："一套房子。"他说："那还不够，去跟他说，你要一个婚姻，一套房子，一台车，还有公司一半的股份。"第二天，女友又来了，当着他亲友的面说："他答应了。"他说："你去吧。"

他用七秒结束了七年之恋。

拖车来了之后，小可与司机坐在只能容纳两个人的车厢里，好脾气先生坐在自己的车里，车安放在拖车的后面。拖车司机问小可："你们的保险在哪家公司买的？"小可说："不知道。"司机意味深长地看了她一眼。过了一会儿又问："那你们家的车买的时候多少钱？"小可摇摇头说："不知道。"司机笑了，像是在笑真是碰到了一个不长心的女人，家里大事小情都甩手不闻不问。

小可的手机响了，好脾气先生打来的。他说："会不会觉得无聊？"她说："还好。"他问："你知道吗？我们拍开车的戏时，如果遇到不会开车的演员怎么办？"小可说："要么让他现学，要么让他滚蛋换人？"

好脾气先生说:"都不是,我们会让他坐在驾驶室里假装开车,再把他的车放在一辆开着的货车的后面,就像现在这样。"

小可气笑了。

她想到了自己的择偶观,一直向往那种心往一处想,劲儿往一处使的人生伴侣。他们要喜欢吃同样的东西、同一支球队、同一个明星,她说出上半句,他就懂得下半句;她刚刚在外面受了气,他就准备好拎着刀替她报仇去……她以为,所谓灵魂伴侣,就是于茫茫人海中遇到了另一个自己。

可是,我们毕竟已经拥有了一个自己,为什么还要苦苦寻觅另一个自己呢?谁会不期待一个迥然不同的伴侣呢?他可以照顾你、安抚你,在你气急败坏的时候说:"人家也不容易。"在你集齐了七个龙珠却召不来神龙,他依然面不改色地说:"宝贝,晚上想吃什么?"

何以被误读

小可去买口红，她需要一支裸色系的，搭配职业套装，整个人散发出 TVB 女星一样的质地。

TVB 女星是什么质地？应该是早年的宣萱、陈慧姗，如今的当家花旦的胡杏儿、徐子珊。人说 TVB 女星无美女，可她们个个知性大方，耐看指数经得起时间的考量。化了很浓的妆呈现出的还是绩优职场白领，感情失意的时候仍旧进退得当。

那么，小可需要一支裸色系的口红。她素颜开始了彩妆一日游。一线国际品牌的专柜小姐端详了一会儿小可的脸，随手抽出一支范冰冰走秀款的正红色唇膏说："试一下这个，你的黑发绝对需要一支这样的口红。"小可摇摇头说："这支我有了，使用率并不高，只有跟朋友出去玩的时候擦。"

小可又去了第二个专柜，打了粉底画了眼线的小鲜肉飘到她身边，巧笑倩兮："亲爱的，你的唇形这么饱满，千万不要错过今年最流行的浆果紫。"说罢，他用刷子蘸了少许，跷起兰花指在小可的下唇抹了一笔。那一笔不要紧，将小可惨白的脸色点石成金，像服下了皇后赐的毒酒喷出一点儿陈血，绽放出了冷宫人生中最后的凄美。

小可去了第三个专柜，这一次她直接说："我想要一支裸色系的口红。"一位在给顾客试妆的看上去有点资历的专柜小姐斜睨了她一眼，安排了另外一个工作人员招呼这位顾客，自己则亲自走到小可跟前。她一连抽出六支唇膏，在小可面前摆成一排：裸色系也分为很多，这些都是，但没有一个适合你。她抱着肩膀冲着小可说。小可坚持，但是我需要一支这样的口红。专柜小姐不再言语，一支一支地试过来，然后站在小可的旁边与她一齐对着镜子。

镜子里的小可擦上每一支裸色系的口红之后，不是换来一张大病初愈的脸，就像是中毒太深无药可救的样子。她像一张照片，被定在镜子里。专柜小姐说："其实我们卖哪支都是卖，一定会推荐最适合你的。"语毕，她拿来一支玫粉色的丝绒唇膏，口红需要搭配发色、服装，但最重要的是气质。她一边为小可擦一边说："你的气质很衬艳色，不是靠艳丽的颜色提升什么，仅仅是对的选择而已。"

小可再次看到镜子里的自己，有一点儿嚣张，有一点儿魅惑，有一点儿求之不得。那一天的小可，入手三支红口，分别是范冰冰走秀款的正红色、将她点石成金的浆果紫、有一点儿嚣张的丝绒玫红。能 HOLD 住这几款颜色，也算是老天爷赏饭吃，至于 TVB 女星的知性裸——人生总有一些东西是你喜欢的，但恰恰是不适合的，无妨，就把它们归类到遗憾的括号里吧。

小可想到有一次她去买睡衣的经历。一如这次挑选心仪的口红，她是带着目标而来的，想入手一套像 CK 女郎海报上的纯棉低腰平脚裤，配一件同款背心或 T 恤，想象着它们陪着自己进入贴身睡眠的欧美舒适感。结果，她回到家换上的却是一套白色镂空的吊带睡裙和一条低腰透明底裤。

专柜小姐在给她做推荐的时候说，女人干吗要穿得像男人一样，你的身材和气质当然适合这种性感款，想要 CK 女郎的效果就不必花这份钱了，穿上男朋友的衬衫和 T 恤就好了啊！末了，她也补充了一句："我们卖哪一套都是卖，真心希望顾客穿上适合自己的。"小可在试衣间里看着身着白色吊带镂空裙的自己，差点动了自己娶了自己的念头。

三支色彩艳丽的口红和一套性感的睡衣,她不是第一次做出背离初衷的选择。只因她内心是一片芳草地,外形是一片罂粟园。正是这片罂粟园,使她常给人一种不安分的错觉。曾有一位介绍人在酒后对她说:这可是我的好兄弟啊,不合适可以分手,但是你可千万别给他戴绿帽子。小可当成笑话听,直到他絮絮叨叨地说了三遍。

　　小可懒得为自己辩解,在她的情路上从来没有劈腿的记录,她那无法将就的脾气,真是宁肯孤独终老也干不出为了什么而骑驴找马的事情,又何来绿帽子一说呢?

　　一个人的外在表象,与她的成长和经历密不可分。有些姑娘的强悍和犀利可能只是为了隐藏内心敏感又善良的虚张声势。她们拿出女汉子的一面示人,只因还没遇到值得她柔情似水的那个人。就像艾薇儿曾经说过的:我纹身、抽烟、喝酒、说脏话,但我知道我是好姑娘。真正的贱人喜欢装无辜、装清纯、喜欢害羞、喜欢穿粉色衣服。男人肤浅,都只看表面,所以,他们只能错过好姑娘,然后被贱人骗得痛不欲生。

　　有些女人会经常被男人误读的,尤其是女汉子。

有一座城

很多年以后，小可仍然无法打开与一座城市的心结。

每当有人问及"当初为何离开"时，就像被问及"你为什么离婚"一样，千头万绪不知从何说起。为了什么已然说不清楚了，早已被岁月和自己粉饰得失了真，就好像一个人晚餐吃了六道菜，第二天食物中毒了，他真的说不出是因为哪一道菜，抑或是食物相克导致的。

我们的人生，看似是自己迈出的每一步，亲手做的每一道题，可是你有没有觉得，当你做出选择的时候，根本没有备选答案，只有这一个选项。

如果有朝一日你要与这座城市久别重逢，相信我，选择午夜的航班抵达吧，那会让你少了一份与它四目相对的直接。尤其是多云的夜晚，城市上空的灯火璀璨不会像从天而降的一个巨型礼花，在地面上绽开，定格于最斑斓的一刻。那会有一点儿刺伤到微弱的自尊。

那座城于小可的人生，就好比在她最年轻貌美的时候，与它谈了一场恋爱。她给了它所有的爱、傻和勇气，它回馈了她所有惊喜、机遇和幸运，让小可成为她想成为的那个自己。

他们彼此互不辜负，可终究还是阴差阳错地分开了。时隔多年，她得知他结婚生子，幸福、成功更胜当年，她却还是原来的她，多了的只是几许沧桑和坚忍。唯一能做的，就是背对着那段轨迹去生活。

不愿听，不去看，不想再见上一面。就让那隔海相望的距离，站成彼此的一道风景。余下的，就是随波逐流和随遇而安了。

上个月，小可动了把户口从那座城市迁回来的念头。她去了辖区派出所。派出所正在装修，服务大厅里到处是涂料和架子。炽热的午后，只有一个值班的老民警，他穿着半袖警服衬衫，看上去斯文话少，坐在一张钢丝行军床上，对着一台电脑。

听说小可要申请迁户口，老民警上楼拿下一张表格，然后坐在床头看着小可填。小可蹲在床尾填表格，写下了户口所在地一项之后，老民警慢悠悠地问："你要迁户口跟家人商量了吗？"小可说："没有。"老民警说："你要结婚了吗？"小可说："没有。"老民警说："那你有什么特别急的事需要转户口吗？"小可说："没有。"老民警微微地笑了："那你急着迁它干什么？"小可说："以后应该不会回去了。"她没有抬头，心里隐约涌动着一种来办离婚手续的感觉：被工作人员问及，商量好了？不再考虑一下了？没有什么原则性问题？

老民警说："你才多大，以后的事情谁能说得准呢，别填错了，就这一张表格了。"小可听到这话，开始心猿意马，再一下笔，真就写错了，把名字和称谓写反了。她有点慌，抬起头看着不知该叫大叔还是大爷的老民警。

老民警说："都跟你说了，就这一张表了，你再回去好好想想吧。总之要办，就是拿这些材料，什么时候来都行。"

小可真的就默默地起身了，拿着材料和填错的表格。走到外面，阳光正烈，超市门口的大树围了一圈木椅，几个老人坐在上面纳凉。小可也走了过去，坐下来，前前后后地思量着，真的要把户口迁回来吗？

小可似乎感受到了这样一种情况：她有一个名存实亡的婚姻，她与另一半两地分居多年。他们有着各自的生活，或许也有了各自的新欢，只差到民政局去办个手续。可是到了真的解除婚姻关系的时刻，内心还是无比地沉重和复杂。不离，意味着说出去好歹有着正常的婚姻家庭，虽然现在感情冷淡,却也不排除多年以后重新一起生活的可能。人生么,我们总愿以这样的开头,为各种可能作铺垫。真要是彻底没有任何关系了,总还是会想,这么多年都过去了,要不再等一等?

那就等一等吧。小可捏着那张表格一路走回了家,当晚做了一个梦,梦里的场景是那座如她前夫般的城市,那让她想到一句话:"城市的夜晚,总有想家的人在哭。"

有些爱，不配倾城

更好的自己

　　有一段时间，小可在苦练厨艺。

　　这真是一件恐怖的事情，对于一个永生无法分辨出面粉、淀粉、面碱、小苏打的女人来说，简直要了她的命。一个男人无意间说起："我觉得一个女人扎着围裙在厨房里忙的身影最性感。"还好他说的不是一个女人戴着头套从提款机里取钱的身影最性感。

　　小可不愿意承认自己在为了一个男人做出改变，因为有些爱情道理并不站在她这一边。比如说，两个人在一起并不是要改变对方，而是看能否接受对方。于是她又想到了另外一些爱情道理，在你用无比挑剔的眼光去寻找另一半的时候，只有成为更好的自己，才配得上那些在你心里入围的人。想到这里，她加重了切菜的力度，撩了一把弄痒了鼻尖的头发，想象着自己蝴蝶一样在他的厨房里翩翩起舞。

　　没过几天，下厨房的软件就教会了小可几道简单的家常菜。她提着这些菜进了他家厨房，洗菜、切菜、热油、下锅，热气腾腾的厨房里涌动出了稳稳的幸福。她在卖力展示厨艺的时候，他在玩手机，看电视，直到她唤他上桌吃饭。"好丰盛啊！"他赞美过这一句之后，谈论的话题就与这顿晚餐无关了。

　　吃完饭，小可收拾碗筷到厨房洗碗。一个声音从遥远的客厅传来"把冰箱里的葡萄拿去洗干净了再端过来！"小可心生不悦，她以最妖娆的姿态游走在厨房里，并未换来他多看她一眼，更别说象征性地帮她打个下手。她灰心地打开冰箱门，迎接她的可不只是葡萄，还有酸奶、面膜，以及一支放在冰箱里保存使用起来笔芯不容易发软的眼线笔。跟小可用的是同一个牌子，但绝对是她不可能选择的浓魅紫色。

这是她第二次来他家，第一次打开冰箱门。她上一次已经视察过他的洗手间和卧室了，丝毫没有女人留下的痕迹，可见冰箱是多么容易令人忽略的领地。冰箱的门发出提示音的时候，她默默地关上了。

小可没有拿出葡萄，只在下楼的时候带走了一袋厨房垃圾，她不想在他的家里留下自己来过的痕迹。他一定想不通，这个女人真是神经质得可以，一腔热情地上门买菜做饭收拾碗筷，却因为他使唤她洗一点葡萄而说走就走。

小可往家的方向走，一边走一边回想着这些年自己都为了爱情做过哪些努力。首屈一指的事件是在外企上班的时候，她喜欢一个来自韩国的同事，欧巴对她也别有一番情意。小可为了他，在网上开始学习韩语，看韩剧练口语，幻想着有朝一日跟他回去能用标准的韩语向他的父母问好。

功夫不负有心人，小可的韩语果然没有白学。有一天下班后，欧巴的电脑忘记关机，小可就是很随意地走了过去，很随意地点开了右下角闪烁的头像，看到了并且大致看懂了他与韩国未婚妻之间的聊天记录。

就这样一路走来，小可竟也掌握了不少半途而废的才艺，关于外语，关于厨艺，关于摇滚，关于网球，关于PPT……那些她一心向往的，后来都成了她不愿再碰的。

很多像小可一样的女人，遇到了心仪的对象时，总是觉得自己不够好，总是希望多为爱付出一些努力，成为他眼里更好的自己。而那个自己不思进取，只会给对方提出要求的男人，当他们向天空抛出更高的飞盘时，可曾考虑过那只为了博得主人的赞许而奋力跳起的狗的感受？

我们当然要成为更好的自己，这个自己只会比上一个自己更加健康、更加从容、更加独立,当然也要更加美丽和有魅力。我们不需要为了一个人而去成为他眼中更好的自己,因为他根本就配不上现在的你,何况是以后更好的你。

你是新郎，我是悟空

我参加过很多次婚礼，这一次的新郎是我的表哥。在此之前，我们只见过一面，是在我七岁的那年。

表哥比我大六岁，当年从一个我只在电视上看过的大城市来到我们生活的小镇过暑假。母亲把一个小房间收拾得干净舒适给表哥住。那个小房间有一扇朝北的窗，推开窗是我家的后园。后园幽静湿润，尤其是雨后，一棵山楂树、一棵樱桃树，还有墙根处那些终年不见阳光的绿绒绒的苔藓与泥土的味道混杂成了我的童年。

表哥站在窗前，提出玩捉迷藏的游戏，他躲，我找。他喊"开始"，我便兴奋得房前屋后地到处找他。在一个闭上眼睛都能出入自由的空间里寻找陌生的表哥。这对童年的我来说别提多刺激了。可是我一次也没有找到过他，累得气喘吁吁问：哥，你每次都藏在哪儿了？

表哥坏笑地告诉我：你在屋里找我的时候，我就从窗子跳到后院去，蹲在窗子底下，等你绕着跑到后院去找的时候，我再从窗子跳到房间里。

这是关于表哥全部的回忆，还有一张我俩站在桥上的合影。我的头很大，耳朵上方各扎一朵喇叭花一样的小辫，穿着一件背心和一条天蓝色的裤子，裤腿各有一圈深蓝色的花边，因为裤子短了。表哥就时髦多了，他穿着一件T恤和牛仔短裤，脚上一双球鞋。

表哥的婚礼上，亲友们感慨着时光如梭，孩子们大了，大人们老了，老人们不在了。姐姐妹妹们在现场忙碌着一些花花草草的活儿，我却被安排跟几个亲戚家的弟弟和外甥放花筒。等到婚车开到酒店的门口，我们只要手持花筒，对准新人的上空拧动机关，就会"嘭"地一声喷出无数彩色的亮片。

婚车还没到，我率领着这伙男孩站在彩虹门下等。太阳很晒，一个七八岁的男孩抱怨着自己不该被委以重任。他紧张得像双手持一把武士刀一样，问我这个东西到底有什么用。其余几个男孩有人挂着这个花筒，有人扛在肩上，脸上是当一天和尚撞一天钟的神情。

只有我，脑海里都是童年时跟表哥玩捉迷藏被他戏弄的情景和桥上的那张合影。如今二十多年过去了，兄妹重逢。表哥是新郎，风光大娶；我则是站在大太阳底下，混迹于几个半大孩子中间，像个孙悟空一样扛着"金箍棒"。

婚车到了，新人下车，站在婚车前合影。我注视着表哥，极力在他脸上寻找着和儿时似曾相识的五官，然后在心里确定他一定也不再认得我了。

新郎拉着新娘的手，一边小声交谈着一边配合摄影师拍照。他的目光环视着周围的亲友，不时点头微笑。当他看到我时，我也朝他点头笑了一下。高大帅气的新郎，二十年前捉迷藏时耍我的表哥，像短暂地陷入回忆般的眼神看着某处，自言自语地嘀咕了一句："那是薇薇吧。"

婚后的表哥会回到国外继续生活。我不知道下一次见面是什么时候，人生那么长，通讯那么发达，只要想见，距离就不是问题。可是，很多人就是没有再见了，不管住得近还是住得远，同城还是跨省，有限的缘分总还是拼不过时间，最后过了大半辈子还是老眼昏花地守着一张照片。

不过，亲情也好，友情也好，最终温暖我们的就是那张反复摩挲的照片。

御姐不出甜心招

拥有一个气场强大的闺蜜的好处,就像出来混有一个老大罩着一样,每一单都有人给你买,闯下什么祸都有人替你摆平。你不管经历了多少成长和成功,在她眼里,你永远是你最初的模样——那个二十岁的花痴姑娘,用钱的时候很小气,用爱的时候不留余地,失恋之后第一时间跑到她家去绝食。

一个年长你十岁的闺蜜,知道你所有的底,两人个都还远远谈不上老,却已经在每次相聚的时候开始乐此不疲地回忆往事了。她喜欢满足你所有的小心愿,看到你开心的样子,她的心就软了——有一种女人之间的好,叫作只要我有,就想方设法让你也得到。

任你的小宇宙再发达,跟她在一起也会将犹豫通通放下,像个木偶一样任由她支配差遣。当我把手伸向一套米色的餐具时,耳边响起一个大嗓门儿:"不好看!你看中的东西总是感觉脏兮兮的!"我的手立即像被烫到一样放下,没了主意地问:"哪个好?"她懒得理,便自顾地挑选几个在她的审美领域里入围的杯盘碟碗,拼凑成一套,直接付钱。

待我冲过去掏出钱包时,她一边大咧咧地接过服务员的找零,一边说:"等到我死了,你用这只碗吃饭的时候,想到我,就会哭。"

我们推着车站在宜家厨房用品区,我看着货架上像漏勺一样的锅问她:"这个是干什么用的?"她说:"这个很方便啊,有人煮面时用啊,把面下到这个筛网一样的锅里，再把这个筛网一样的锅放锅里煮，盛面的时候一拎就沥出来了。"我听了觉得麻烦，问她："为什么不直接放到锅里煮，还能少洗一只锅？"她竟公然说："是啊！所以这个是给某些人用的，咱们走，去那边看一看。"

我们一起逛街，吃饭，吃甜品，深夜跑出去宵夜。她像一个小妈妈一样，每次我去她家，她都把自己擅长的手艺展示一遍，就像大学时代小长假回家，妈妈的套路一样。其中还少不了唠叨："姑娘啊，差不多就嫁了吧，书上说女人嫁给谁都会后悔。"我问她："那你后悔了吗？"她黯然地说："应该是你姐夫后悔吧。"

那几日的餐桌迎来了一个小高峰。饺子、馄饨、盐水鸭、火锅、鸡汤、煲仔饭……一起包饺子的时候，她抱怨："鲅鱼馅儿的饺子才费事呢！"我说："因为要先养鲅鱼吗？"她吼道："猪啊！馅儿容易出水啊！"

我最离谱的一次发胖，就是国庆七天假期跟她窝在家里吃，下楼就穿着一件她送给我的仙风道骨的袍子。等到上班的日子，无论如何都提不上来时穿的那条牛仔裤了。站到体重秤上，只有数字不说谎，七天胖了七斤。赘肉是怎样长在我的皮肤里的只有我自己最清楚。

这位御姐闺蜜在女神的外表下跳动着一颗女汉子的心。十几年来我们的姐妹之情总是以简单粗暴的方式进行着。从见面一刻的拥抱开始，远远地就看到她以被炮弹射出来的速度朝我迎面狂奔。讲话的语气就更不用说了，除了那次，她体检查出颈部有结节，还要等进一步的确诊报告。那是她人生中唯一一个不眠之夜。我想象不出她是以怎样的心情熬到天亮的。她声音带着沙哑和无力感在电话跟我说："我想好了啊，也跟你姐夫说了，我真要是有个三长两短啊，就让你来继续跟你姐夫过。你姐夫呢，人不错，蛮顾家的。你也是我看大的姑娘了，又没结婚，好男人不好找，倒不如跟你姐夫……"

我打断她说："神经病啊！"我们又隔着电话笑起来，笑着笑着我的泪就淌了下来。我那件长年置放在她家的睡裙，随着她从南到北迁徙移居,却始终毫发未损地占据着一席之地。

几天之后,御姐拿到了让她虚惊一场的化验报告又满血复活了。我们再次腻在一起吃吃喝喝。她开着车载我一一去吃她平日积累下来的"等你来了我一定要带你去"的饭店,沿途依然会摇下车窗大着嗓门儿,女汉子般地喊:"你丫会不会开车!"

我坐在旁边无奈地笑了,真是御姐不出甜心招。

不在分手后补刀，才是最后的温柔

小可在朋友的婚礼上碰到了另外一个朋友，另外一个朋友被安排与小可坐在同一张酒席上。等待仪式开始之前，他们闲聊了起来。小可很自然地打听了一下C先生的近况，因为C先生是他们共同的朋友，曾经追求过小可一段时间，由这位朋友转达了小可的婉拒之意后，默默地退出了她的生活。

新人婚礼上，旧人聊起当年事。

朋友跟小可说："本来C先生今天也是要来的，但是想到小可会来，他犹豫再三终于还是没能鼓起勇气趁机见她一面。"说着，他从口袋里掏出两个红包，其中一个上面写着C先生的名字。小可看着上面熟悉的名字和字体，吞了一口口水问："他结婚了吗？"

朋友凄然一笑摇了摇头："你知道吗？你刚刚拒绝他的那段日子他是怎么过来的吗？"小可不置可否地看着他。他说是我们陪着他过来的。他学会了抽烟，每天喝得醉生梦死。我们都怕他出什么事。有几回实在看不下去了，想当着他的面给你打电话，看看还有没有回旋的余地，都被他强行制止了。他自尊心那么强的人，心里再苦也干不出纠缠你的事情来。

一直到婚礼结束，小可都垮着一张脸坐在台下，她反复问自己：要不要跟他再试试看？答案还是否定的。她无法为了一个自己不喜欢的人的付出而选择他。她会觉得亏欠他，亏欠不是喜欢——哪怕以身相许也仅仅是出于报答，而不是爱。

与 C 先生相反，小可想到了表姐当年交往过的 H 先生。H 先生追求表姐的时候就下了狠手，淋着雨站在楼下等她，摆成心形的蜡烛在沙滩告白，每隔一天送花到表姐的公司……连小可都跟着蹭过不少顺风车，收过许多伴手礼。

分手的时候，表姐担心 H 先生突然"变脸"，不知道会做出什么对自己不利的事情来。她对小可说：我算是怕了他，被他追都累到心力交瘁，别说是日常相处了。

原来 H 先生在一个压抑的家庭氛围中长大，严重缺乏自信，遇到问题时习惯推卸责任，有过借钱不还的记录，跟表姐吵架的时候必翻旧账，占有欲极强。提到前女友，他丝毫不留口德，将对方贬得一无是处。最令表姐胆寒的是，有一回他们吵架，他深夜给表姐的父母打电话说："快来管管你们的女儿吧！"

表姐抢在了 H 先生向她求婚之前提出了分手，这是她人生中做出的最正确的一个决定。H 先生痛哭流涕，都不问自己错在了哪里就当街下跪道歉。等他看清了没有挽回的余地之后，一刻都没闲着，他先是给表姐公司的领导发了一封邮件，称表姐爱慕虚荣，背地里做尽了让公司名誉扫地之事，收受客户的贿赂，出卖公司商业机密。然后又在表姐的朋友圈当中散布，他们分手的真正原因是表姐身体有问题，因为之前堕胎次数过多导致无法生育。最后，他拿出一个账单，上面清清楚楚罗列着在他们交往过程中他所花费的各项支出，表姐必须承担一半，包括送给她鲜花的钱。如果她敢赖账，他就把她的手机号码贴到各大同城交友网站，再免费刊登到靓屋低价出租的广告栏里。

这件事，最后由表姐的一位警察朋友出面调停得以收尾。懂事的人，自然不会再提及此人的姓氏。在相当长的一段时间里，表姐一想到曾经爱过这个人，咬破嘴唇也不愿承认，唯一让表姐满意的就是，她在分手后的两个月内狂瘦了八公斤，却不是因为失恋。

　　分手是考验感情和修养的最后一关，不愿再为对方做什么，至少可以不再去破坏对方什么。感情都丢了，还要再丢脸吗？一见钟情固然是难能可贵，好聚好散又何尝不是成人之美。不在分手后给对方补刀，等于给彼此留了一条再见不是仇人的后路。

　　感谢并祝福那些没有事后补刀的前任吧，感谢他们没有废了你仍然相信爱情的武功，像小可祝福 C 先生一样祝福他们。遇到一个可爱的好姑娘，替普天之下的所有因为拒绝而伤害了对方的小可们清掉那笔感情的坏账。

身后是低谷，再多走几步

前几日，我跟一个久未谋面的友人小聚。话题从半年前的那次见面之后开始聊起，茶色续至渐浅，四个多小时的款款而谈，多半竟是各自的不如意。

他说：女友的脾气比较急，给他打电话超过两遍不接就歇斯底里。在他们相恋的那段时间里，他洗澡的时候都把手机放在浴室里干爽的地方，耳边经常像幻听一样听到铃声响起，拿着手机找手机。后来，他们还是分了，分手的时候又赶上他的公司陷入债务危机，时值年底，父母逼婚的节奏让他喘不过气来。

父亲在得知他与女友分手的消息后大发雷霆："人家姑娘工作好，人又好，就是爱耍点小脾气，你就不能多担待一些吗？"他也是气急了，顶撞父亲："你不就是觉得我不结婚给你丢脸，让你在亲戚朋友面前抬不起头吗？好，如果你答应我，我跟她结婚之后要是过不到一块儿去而离婚了，你不怪我的话，我明天就娶她！"倔强的父亲也毫不退让，竟然说："好！你只要先把婚结了，爱什么时候离就什么时候离！"

他摔门而去，一路将车开至城市的边缘，脚下生出万丈深渊，身后是回不去的人间低谷。他跟我说："你知道吗？那段时间，我根本感觉不到饿，什么东西吃到嘴里味道都是微微泛苦的。睡眠也很轻，似乎睡着和醒来并没有明确的界线，自然也分不清蒙眬之间自己是在做梦还是胡思乱想。"

那真是他人生中最凄惨的光景啊，食之无味，眠之不安，精神一蹶不振，一不留神又赶上了倒春寒的一波流感。他迅速病倒了并且感染上了肺炎。为了不让家人牵挂，他每天独自开车去医院挂水，喝一口水的痛就如同咽下无数根银针。

他说，他甚至出现了轻微的幻觉，夜晚一个人在家的时候，总是能听到有女人在轻声地叹气，不管他在客厅、卧室、阁楼，还是洗手间，那声音总在距离他几米远的地方响起。起初，他以为是从楼下传来的，后来听物业的保安说，楼下的住户去国外进修，房子空下来半年多了。他又以为是对门，可是对门住着一位空巢的老大爷，何来女子的叹息声呢。他住在顶楼，最左侧的单元，再无其他邻居嫌疑人了。

我问他："你怕吗？"他摇头，有什么好怕的，感情没了，公司不景气，跟家人闹僵，自己病倒了，人生已经跌到了最低谷，再也不会比这更悲催了，还有什么可怕的呢？我是光脚不怕穿鞋的。

日子也就那样过去了，在或喜或悲的情绪里。一个人与好运气也是合久必分，分久必合。他不记得独自一个去看了多少场电影，那些电影演的都是些什么，精神恍惚的时候找不到自己前一晚把车停在了哪里，却将心理医生的手机号码倒背如流。

身体渐渐好起来之后，他把烟戒掉了，周末回父母家亲自下厨一起吃饭。父亲见他因为公司的事操劳又不肯用家里的钱，便也不再婚事上给他压力。他调整了作息时间，每天晚上十点上床看书，不再凌晨入眠，自然也听不到那声声断断的叹息声了。

他在一个春日的早晨拉开窗帘，阳光倾泻而入，他忽然有一种脱胎换骨的新生之感。用一上午的时间把家里彻底清扫，然后出去散步，坐在公园暖洋洋的长椅上，不远处是湖，微风吹皱一池春水。

也许，我们应该珍惜人生低谷。生活瞬息万变，上帝自顾不暇，也难为他把爱情、事业和健康的不如意凑成一桌麻将，三缺一只唯独等你。

你不能总是人生赢家啊,也让他们轮流坐庄纷纷和上几把吧,待他们赢够了,就是转机了。

　　人在低谷里,该哭哭,该瘦瘦,不挣扎但是不要放弃。等你变得又瘦又好看,钱包里都是自己努力赚来的钱时,不妨像我这位友人一样,被周围的人问及是怎样走出低谷的,微笑着回答,多走几步。

有些爱，不配倾城

认错人也好，爱错人也好

我一个人去吃饭，坐在了窗边的位置。

等餐的时候一边随手翻着手机，一边用余光注意到了坐在我斜前方那张桌子的一位男士。他也是一个人，坐在那张桌前刚好与我面对。他也在时不时地看向我。粗略看上去，他身材高瘦，肤色是饱受阳光洗礼的健康，穿着一件灰色的T恤，戴着一副黑框眼镜，很是有几分技术宅男的味道。

他看去为何这般眼熟呢？我想，我们一定是在哪里见过，如此老套的剧情即将上演了。一对似曾相识的单身男女在各自等餐，同时也在排山倒海地回想着："这个人是谁？"终于，我先想起来了，他是我参加拓展训练时的那个领队啊！那是多么刺激的一次活动，我怎么能把他给忘了呢。为了体现团队信任的力量，他率领大家把每一个队员高高地抛起，再接住。我就是在回忆里的一片惊呼声中，想到了他的名字，一块红布。

他还在看我，他兴许也想起了我，只是记不起我的名字了。这有什么关系，好在我记得他，我可以大大方方地上前去打个招呼，然后老朋友一样共进午餐，聊聊天。他还在看我，直到看着我站起来，走到他的桌前，怀着一丝忐忑的心情打招呼。

"嗨，还记得我吗？我参加过你组织的拓展训练。"我看着他，他微微皱起眉头。我继续提示他，"你不是'一块红布'吗？你们还一起扔过我呢!"近距离地看着他的时候,我更加确认了我们认识。

他抬起手摸了摸下巴,示意我坐下,然后准确无误地叫出了我的名字。就在我有点小小的吃惊和自作多情的当口,他的表情有几分发愁地说:"我是你同事小军的哥们儿小麦,咱们在小军组织的聚会上一起喝过酒,还差点送你回家来着。你不记得了吗?"

小麦?!对啊,我突然想起来了,这不是小麦嘛!我们确实见过,确实认识,他确实提出过要送我回家,可我现在错把他认成了另外一个人,上演了一出螳螂捕蝉黄雀在后的糗戏。尴尬化冰为水,自我头顶缓缓浇下……餐上来了,我们到底还是坐在同一桌上老朋友一样地边吃边聊。他忍着笑,我苦苦哀求别把这件糗事说出去。

将陌生人错认为熟悉的人不足为奇,"我们是不是在哪里见过"的搭讪方式也算是经久不衰,可是像我这样把一个认识的人错认成另一个认识的人,也错是"认错人"界的头牌了。尽管当时我羞于提起,可它还是像击鼓传花一样被传诵至今,成为了朋友们茶余饭后的笑点了。

前不久,跟原来的同事们聚会,在车里跟小军聊起身边友人的近况。小军说:"'一块红布'听说你这次回来,特别高兴,只是挺遗憾的,他现在移民在美国,昨天还打电话说要是再一起聚会多好。我听到"一块红布"这个名字,瞬间像被自己暗恋的人看到牙齿上有菜一样把嘴闭上了。又终于没忍住问:"他不是……叫小麦吗?""是啊,是叫小麦啊!自从那次你把他认错之后,他在我们这帮朋友里就改叫'一块红布'啦!"

个别不明真相的朋友好奇问起,我竟然第一次绘声绘色地给他讲了一遍此中出处,人群中再次爆发出不亚于当时的笑声。

笑过之后,重温了几个当时不愿意与人提及的尴尬场面。认错的人也好,爱错的人也好,就像是过了保质期的牛奶,还可以用来敷脸和泡澡,而那些一度被自己视为伸手不见五指的人生经历,早就以另一种方式跟你握手言和了。与其否认和回避,不如嬉皮笑脸调侃当时的苦难。一起有过那么多美好,哪有时间去追悔和仇恨。给不了你未来的人起码给过你曾经,没有曾经的傻姑娘,哪有今天的好姑娘。

师父，你被妖精抓走了吗？

今年的情人节，我很怀念前男友，于是在朋友圈里发了很俗气的一句话："你若安好，便是晴天。"结果不到一分钟就有人回复，内容是："徒儿你又不细心，忘记了'霹雳'二字。"

这个人是我师父，他长年像《大话西游》里的唐僧一样絮叨个没完，永远嫌小区不够干净，不去服务员长得丑的餐厅吃饭。他是读书人但不是学究派；他有艺术和美学的天赋，却不油头粉面；他敏感脆弱又幽默；他心地善良嘴上又刻薄。

他给了我无限的勇气和自信，也从我这里得到了顶级的崇拜和赞美。每一年，我都会去他所在的城市小住一段时间。每一次去，我们都要逛一次潘家园。

到了潘家园附近，他警惕地抓住我的手腕叮嘱："徒儿啊，你要小心一点儿。"我不明白，问他："这里有人劫色吗？"他定定地看着我："那你还是真想多了。"他说，这一带经常有碰瓷儿的人，从后面推你一把或是撞你一下，你重心不稳就会扑倒在路边的古董文玩地摊上，撞坏了什么就要赔什么，人家说多少钱就是多少钱。

彼时，我们站在北京初秋的路边，背景是金黄色的银杏叶和APEC蓝的天。我甩开被他捏紧的手腕："咱们说好了，一旦真的有人推我，你不要扶我，只要抓住那个人，然后报警，我倒地之后直接装死！"

169

师父听完咧着嘴乐:"徒儿你智商见长啊,最好把我陪你去韩国整容的机票钱赚出来,看谁碰谁,谁赔谁!"

在潘家园里面逛完一圈之后,我们会在珠宝鉴定中心看一会儿热闹。曾经有人拿着一幅画问鉴定专家:"老师您看我这幅画值多少钱?"老师看了一眼说:"那就要看这个框值多少钱了。"也曾有一个人拿着一块翡翠咨询鉴定专家:"老师您看我这块玉是什么级别?"老师说:"那就要用专业的机器鉴定了。"那人问:"多少钱?"老师说:"三千。"那人默默地退下了。师父说:"他好怕花了三千块钱鉴定费,结果是这块玉就值二十块钱。"

我们那些同吃同住的旧时光,像南锣鼓巷里一面斑驳的墙,路过了多少懒散,落满了多少阳光。

有一回,师父带我去一家小贵的餐馆吃饭,他看着我吃完沙拉吃正餐,正餐结束吃甜点,一脸狐疑地问:"徒儿啊,你当真失恋了吗?你不会因为心情不好而食欲不振吗?"我说:"当然不会了,心情是心情,食欲是食欲,吃饱了才有力气哭啊!"他听后一脸欣慰地说:"别人是为爱痴狂,你是为爱狂吃。"

人在吃,天在看。狂吃之后的我开始肚子痛。一上午跑了十几趟洗手间,然后虚脱地躺在床上。师父有些嫌弃地说:"你一个女孩子,怎么可以做出这么没气质的事!嗯,如果你是一种狗,品种应该就是拉布拉多。"

这些年,我们在各自的城市过着各自的生活,遵守着每年相聚一次的约定,像两个老年人一样,坐在后海的长椅上聊天。他问我:这些年来,你遇到的最好的男人是谁?我毫不迟疑地回答:"是你。"他羞涩地说:"除了我之外。"我说:"是一个中通的快递小哥,我们家小区进电梯要刷卡,所有取件和送件的快递都在小区门口等,只有他,每一次都是站在电梯口等我,我可以穿着睡衣出去,敷着面膜出去。并且,不管我寄什么,寄到什么地方,他都按最基础的收费标准算钱。他真的是我见过最好的人了。"师父说:"好你怎么不嫁给他?"

我问师父:"那你呢?你遇到的最好的女人,除了我之外?"他诚恳地说:"没有了,只有你是风景,其他的都是景点儿;只有你是女神,其他的都是绿茶。"

身为女神,春节的时候我问师父要来了他父母家的地址,寄了一些补品过去。写地址的时候,我的恶作剧趣味油然而生,在自己的名字前面加上了"儿媳妇"三个字。

好戏很快就登场了,我的师父,这个优质未婚男,刚刚逃离了春节被家人逼婚的困境回到北京,就再次陷入了绯闻的纷争。他在微信里喊我的全名说:"你给我滚出来!"然后发了一串痛哭的表情:"我爸妈轮番问我你是谁,干吗不带回去给他们看。"

我在这边拿着手机笑到直不起腰。我说:快点把你北京的房子更名换成我的,把钥匙快递给我寄来,不然以后我发动我散落在全国各地的闺蜜给你爸妈寄东西,落款都写是"儿媳妇"。他说:"好啊,那我就跟他们说这些都是我买的,淘宝上有一个店就叫'儿媳妇',生意做得特别大,全国各地都有分店。"

他又赢了。

从潘家园回来,他从抽屉里拿出两条不同款式的手链问我:"这一条怎么样?"我说:"非常配你,高端大气上档次。"他又问:"这条呢?"我说:"低调奢华有内涵。"他把两条手链同时戴在手腕上,我盯着它们完全不搭地组合在一起,缓缓地摇头,用余光看到他在用手指点着我,就一边继续摇头一边盯着手链说:"简直是无与伦比的美丽。"

娱乐圈也好,凡尘间也好,那些在情路上跌跌撞撞很多年依然像初恋般童心未泯的女人,要得益于有这样一个男闺蜜。他们对你的爱是只要你开心就好,哪怕约会的是一棵树;他们对你的保护是不管谁伤害了你,他都恨不能将那人拉出去填海。在他面前,你可以哭,可以吐,但是不能丑,不能没有姿态,即便收到男友的分手短信,咬碎了牙也只能回复一个"哦"。

　　离别的车站。我隔着人群看着他像一棵葱郁的挺拔的树站在那里，望着我过了安检，踏上扶梯越升越高。直到我上到二楼，有点泪眼模糊，他的身影依旧木秀于林地伫立原地朝我挥手。我发微信跟他说："师父你快回去吧，再挥手我要哭了。"他回复我："我不是挥手，是告诉你走错了，你的候车室在一楼。"

.

当时的月亮

　　昨晚喝了一点酒，睡得早，睡得沉。迷醉的代价是，夜半醒来无比清醒。这不愿面对的清醒，有着些许的可怖。起身去洗手间时，月光无比清亮，照得人心慌。不由得进入这样的一种心境，月光啊月光，你像极了后知后觉的爱。

　　那不知可否算作爱。有人欣赏时，你躲藏，你迷茫，你孤芳自赏；待到他人酣睡时，你才静谧清亮，一味寥落地临水照花。我不敢在这样的月光下多加逗留，就像已然失去了与爱人对视的勇气。

　　这样的月光，让我怀念起一位友人。我那么热爱久别重逢，那么期待机场相拥，那么乐于把酒言欢话当年，如今却对着空空的夜，很是想与她叙叙旧。

　　你还记得吗，咱们共事的那段时光。你身材高挑，热情直爽，像小脑不发达一样进进出出总是撞到办公区的隔断。我们三个各自坐在自己的位置，感受着周围的震颤，背着你笑个不停。

　　你为了保持身材，每天中午不吃饭。公司的午餐，基本是维系我对那份工作的最高热爱。

　　我用一只蛋黄色的碗，一只大饭勺，被一个男同事取笑为紫金大铁铲。我那时可是真胖啊，货真价实的胖。你单凭不吃午饭这一项，晋级为我当年的偶像。

那时候,领导很少来,办公室里只有咱们四个女孩。下了班,咱们就把麦克风接到音响上唱歌。你唱过一首让我经年不忘的歌:"我也许将独自跳舞,也许独自在街头漫步……"咱们还一起包过一次饺子。我不会和面,不会拌馅,不会擀皮,不会包。你跟我说:"没关系,会吃就行了。"我于是守着办公桌,负责接电话。

你们三个分工而忙,很快就包出一竹帘饺子。我实在觉得过意不去,跑进来问你们:"要不要我干点什么?"你们一致说:"不用了,快好了,你去吧。"那好吧,我转身出去,毛衣却刮到了那个竹帘,所有的饺子扣在了地上——这是我唯一做出的贡献。

我一边蹲下和你们一起一个一个捡饺子,一边听着你们齐声数落我,一边一起笑。后来领导吃到饺子的时候说,味道不错,只是面不太好,上面有黑点。

七年之后,我们在天气晴好的午后街头重逢。你连驻足回头叫我名字的时候,都甩着马尾,那么活力四射。你带着我加入一个朋友圈,单身的男男女女,双十一那天一起吃火锅。吃完去一个刚搬了新家的朋友家里玩。你们打麻将,我看《包青天》。你说:"你不会打麻将可以过来端茶倒水,能不能别跟着片头曲唱'王朝马汉在身边'?"

群里每一次聚会,我都坐在你的身边,每一张合影我都挨着你。你是我的安全感。有一回吃火锅,你往我的小火锅里添菜的时候捎带着也把桌上用过的纸巾下到了我的锅里。那会儿,微信刚刚新鲜出炉,我一边吃一边语音跟一个小鲜肉聊天。你说:"聚会的时候不许玩手机。"我不听,手按着语音键正准备说话时,你突然说:"把你那玩意儿给我收起来!"我吓了一跳,手指一滑,发送了出去。很快,对方问我:"是你班主任没收了你的手机吗?"

你曾经要给我介绍一个男朋友,听到身高体重之后,被我无情地拒绝了。以后咱俩再提到此人,我都直接问:"'方块哥'最近好吗?"

去年冬天,得知你在我的老地方烫头发。我打车跑去看你,买了糖炒栗子和糖葫芦给你。可惜我只陪了你二十分钟，就匆忙跑去见初恋情人了。你一边催我快点去，一边笑我重色轻友。我那么兴奋地跑掉，成了我今天的遗憾。大遗憾是遗憾，小遗憾同样也是遗憾。

那次跟朋友一起去看你。他一路上都在叮嘱我："你啊，到那儿可控制点情绪啊！"我拿着一束自己搭配的花球，心里杂乱无章。那是一束不走寻常路的花球，那才配你的个性。我讲了很多笑话，有的没的段子，生怕气氛冷下来败给冰冷的医院。

也是差不多的一个夜晚，我在QQ上收到你给我的留言：等我好了以后，我请你去济州岛玩，如果那时我还有钱的话。

去送你的前一晚，我的睡眠走走停停，记忆时而穿越，时而消沉。先于闹钟醒来，跟另一位好友驱车前往那本不该是你待的地方。一路无话。我们站在那里等，不确定是不是那个地方时，看到电子屏幕上出现你的名字。你的名字跟几个陌生的名字出现在"即将告别"的后面。

周身发冷。等你的亲友们纷纷走过来时，有好几拨人上前问我：你是薇薇吧？我点头，尴尬于对她没什么印象。她们都说，你经常提起我，推荐她们看我的博客，买我的书。

你成了我的朋友当中第一个退场的人，在最年轻最美之际，像是推一推牌桌，起身轻飘飘扔下一句："不玩儿，没意思。"我没再参加过群里的聚会，我不愿大家再次相聚时，我目光放空地等一个永远不会再出现的你。

有人问我："假如事先知道不会有结果，你还敢爱吗？"我敢。我一直都敢，过去、现在和将来。我从不认为所谓的"结果"是一段感情的善终，尽管我当然希望会有。

可是如果有人问我："假如知道会失去一个人，你还愿意与她久别重逢吗？"我不知道。

回忆日渐清晰，回首却寻不见你。我整理好心情，记录点点滴滴，所有的时光仿佛都定格在那个午后，你与我擦肩而过，同时回过头来叫出彼此的名字，然后跑跳着彼此深情相拥……

成长很无涯,还好有二宝

她是土生土长的东北姑娘,着装风格是廉价的日韩风,语言风格追求东北俚语,没有什么远大志向,也没有周游世界的梦想,喜欢关起门来把房间打理得整整齐齐,闲下来追韩国电影和美剧,收藏各种风格的本子和笔,偶尔会在月朗星稀的夜晚站在窗前,看看有没有飞碟经过。

将以上标签混搭为一体的就是我妹二宝。

二宝高三的那年给父母写了一封信:"我希望很多事情,你们尊重一些我的想法。因为我是菊花,所以请不要让我在夏天开放;因为我是白杨,所以请别指望从我身上摘下松子。万一我考上了理想的大学(我是说万一),回想我现在的选择,不过是一个小小的岔路口……"

二宝为了报考理想的艺术院校,在父母的高压反对之下,留下一封信,在那个北风呼啸的冬天,每天转三趟公车去学画画。当我在邮箱里收到母亲转来的这封信时,第一个反应就是,到百度里搜一下"因为我是菊花"这一段,她是在哪里抄来的。

二宝说:"她是在那个冬天忽然长大的。"那一年,她高三。我飞过大半个中国回父母家过春节,听她坦然地讲起母亲为她做的一点一滴。她说:"姐,我都想好了,要是明年我考不上大学,我就去韩国出劳务。我挣钱给爸妈请一个保姆,你就做你喜欢的工作,过你喜欢的生活。深圳的房子那么贵,等我挣钱了,就给你买一套小房子。"

我们并排躺着，窗外不时有烟火的光影明暗交汇。恍惚间，我又想起十年前，二宝手捏着巧克力，俯视着我问："姐，为什么每次电视里演的昏倒都是倒在地上，而你没有巧克力吃就饿晕时，不是昏倒在床上就是沙发上呢？"

念大学的时候，二宝经常给我讲起学校里有趣的事。比如同寝室里的一个女生，嫌弃自己男朋友吃得太多，终于有一回在食堂里爆发了，她站起来指着男朋友说："你一个人吃得比三个人都多！明天能不能去医院把你的胃摘除了！"

大学毕业后，二宝进了报社工作，安全防范意识极强，经常提醒我不要给陌生人开门。比如有一天早晨，家里响起敲门声，二宝隔门相问。门外说："大姐，我们是自来水公司的，上门安装自来水过滤器，安上之后……"不等他说完就被二宝打断："要钱不？"对方说："150。"二宝说："不安。"然后走回房间冲着我说，"他管谁叫大姐呢？"

我被单位派去参加一个学习班，通知书上写着，如果第一天上课迟到，按弃权处理。惊得我一身冷汗。我跟二宝说："我要不要提前住在附近的酒店，以免第二天迟到呢？"二宝想了想说："你这么地，一旦迟到了，你就退着往教室里进，因为你要是正着进教室，老师就会说：你哪个单位的！几点了才来上课！弃权吧你！可是如果你退着进教室，老师就会说：哎？那个同学，上着课呢你这是要嘎哈去呀！给我回到座位上去！"

入夏的时候，我给二宝买了一双凉鞋。她拿着那双鞋，很开心地翻过来，看到了鞋底贴的价格后惊呼："多钱？"我说："498。"她看了看鞋，又看了看我："到底多钱？"我说："498。"她仍然无法接受，"你怎么给我买这么贵的鞋，直接给我钱好不好呢！"过了一会儿，她走到我面前，把我的手放在我的胸口，一本正经常地说："你摸着良心看着我的眼睛最后告诉我一次，这双鞋多钱？"我摸着良心看着她的眼睛回答："原价498，特价100。"

二宝出门前,我问她:"要洒点香水吗?"她说:"我没有。"我说:"不用香水的女人是没有未来的。"她说:"谁说的?"我说:"Coco Chanel。"二宝说:"她在那儿挖苦谁呢?我这一天天加班连饭都吃不上,掐个瘪肚子要啥未来呀?"

下班回来后,二宝踱到我跟前,低眉顺眼地说:我想跟你商量个事儿。我马上退后一步:"别告诉这事儿跟钱有关。"她神情凝重地点点头,"我们老板说试用期的工资下个月底跟转正后的一起发,我大学同寝室的小伙伴从上海来玩几天,我得安排她一下。你借我一笔小钱呗,下个月发工资我就还你,要不我这个月连饭都吃不上。一想到这事儿,我都想哭。"

我得意地坐下,跷起二郎腿说:"洗衣机里有衣服需要洗,那边有几条裙子还没烫……"我话还没说完,她就去洗衣服烫衣服了,完成之后走回我身边。我夸赞她:"妹妹你可真勤快,姐姐奖励你一个吻!"她理智地说:"你别跟我整那些个虚头巴脑的,能不能借我点儿钱?"

周末,我带二宝去汗蒸。她觉得68元的门票有点贵,问我可以在里面待多久。我告诉她:"24小时。"躺在玉石榻榻米上,二宝看着门口显示温度为75℃的蒸气房问我:"我用不用去那屋看看?把那帮八分熟的人翻个面儿?"我说:"不用了,你渴吗?咱们要两瓶水吧。"她问我:"多钱?"我说十块钱一瓶。"多钱?"她声调高了八度。我说:"十块钱一瓶。"她说:"你来时咋不说呢,我批发一箱进来卖多好,到时我就小声儿挨个问,大哥要水不?我这两块。"我说:"可是进来休息的人都换了衣服,包包和随身物品都锁在柜子里,怎么给你钱呢?"二宝想了想:"那我就说,哥你先喝着,来给我看一眼你的号码牌。"

躺在休息区的沙发上,我们各自刷着自己的手机,八卦近期的娱乐新闻。二宝说:"林丹就是天天打球,认识的人太少,要不然他未必会跟谢杏芳结婚。"我说:"那他也不会娶你。"二宝说:"我怎么没觉得吴彦祖的老婆有多漂亮呢?"我说:"那也比你强。"二宝说:"梁朝伟肯定还是喜欢张曼玉,他跟刘嘉玲站在一起,感觉很生分。"我说:"那也比跟你熟。"二宝说:"咱唠嗑就好好唠,别老人身攻击行不?"

当然,我们也会聊一些诗情画意的感受。比方说,她有一次问我:"有哪些让你难忘的美好画面吗?我就有四个画面——第一个是我小时候,夏天在咱们家的老房子,我坐在院子里的葡萄架下,阳光透过葡萄叶的空隙一闪一闪的,风很凉。第二个画面也是在咱们家老房子的院子里,夏天下着雨,我坐在窗台上,把腿伸到外面去,顺着屋檐滴下的雨滴滴答答地落在我的小腿和脚上。第三个画面是我高中时,骑着自行车去找我的小伙伴儿,我倚着自行车在胡同口等她,她家门前有一棵杏树,春天的时候开满了花,有风吹来时,那些花瓣扑簌簌地飘落在我身上。第四个画面是,我高三在画班学画,住在舅舅家。冬天的夜晚飘起小雪,我独自走在回去的路上。那条路很安静,我停下来抬起头,路灯下的雪柳絮般地飞落在我的脸上。"

我记忆中最美的画面是我坐在沙发上喝啤酒,她擦地进行到客厅的阳台上时姐啊姐地叫我过来看。我不耐烦地走过去。一对银发的双胞胎老奶奶正坐在秋千上荡着。她指着右边的老奶奶说:"姐,你老了肯定就像她一样,穿着红色小皮靴,依旧那么俏皮时髦。我就不行了,我是左边的那个。"

完美的孤独也是美中不足

很多年以后，当我再次回想起那段岁月，脑中便浮现出南方肆意生长的树、藤，以及不知名的植物。它们高大葱郁，在路的上空伸展着，交织着。绿意层叠之间，偶尔露出一个阳台。老房子的阳台，尽管有着铁栏般的外罩，仍旧开出一树玫红刺目的勒杜鹃。

那一树繁花，略去了绿叶和细枝，心无旁骛地盛放，像是生怕辜负了周围绿色的诚意，像是面对着一桌端起酒杯等待她的朋友。她口口声声自称不胜酒力，却又不忍将气氛坏掉，只好袅袅地端起酒杯，拼了当下，一饮而尽。

三月。云吸足了水汽，聚集在天空，便有一个星期没有放晴。我倒不介意这样的天气，湿哒哒的。阔别这样的天气有多久了呢？总归还是不堪细算的。一个人住的那些时光，顶美好的事中，有一件便是洗澡。

天气有一点儿潮湿的冷，想到马上就要打开花洒，热水突突突地冒出来，玻璃窗上的水汽，弥漫住外面透进来的光，我的心便和浴室一样光线黯然，昏昏旧旧的，像大雨将至，那么潮湿。

我喜欢在窗台上摆着不同味道的沐浴液，根据心情选择不同的味道。一个人住，也是需要被自己取悦的。寂寞，也是真的寂寞，可也正是那一股袭人的寂寞，让人们在浮躁的异乡得以有了喘息之机，得以有了思乡之情。

热水匀速地从身上流过，世界无比安静。只有午夜出租车的后排和一个人的浴室，世界是属于自己的。水声抵消了外面的汽车驶过的声音，耳朵又屏蔽掉了水的声音，每一个动作都是无意识的，心也被泡软了，松松的，凉凉的……心底会莫名地感动。

想象理想中的城市——目光眺望的天际要有海，晨曦微光中是白雾茫茫的苍凉。我坐在车里，被风吹乱了头发。左边是海，右边是山，前方是路，海山之间的路，绵延着伸向远方。那是怎样的远方？可有爱情与梦想？诗与忧伤？

湿润的海风携着一缕咸腥的味道扑面而来，将久违的记忆唤醒，它揉着沉睡多年的双眼，踏着试探的脚步于此刻迎面走来。像一对失散多年的恋人，踟蹰着，忐忑着，要不要相认？车里坐着我和老朋友，音乐是一些唱醉过也唱碎过我们这一代人心的老歌。

我们有一搭没一搭地聊着，无非是那些一起疯过傻过荒唐过的岁月，重提千遍也不厌倦。即便是彼此沉默的时分，依然是熟悉的默契与放空的悠然。

海，总能带给人生无限多的可能。当人们无法从生活中找到答案，便会去问海。听涛声阵阵，看潮起潮落，思索着是该争取还是放手，该留下还是远走……直到心被海风吹涩，人也站成了一道风景。

一个人与一片海的相约，有别于与一座山、一片旷野的相约。海水微凉，海风腥涩，海浪无形，海景多变。我曾独自坐在海边，看着成对的恋人牵手而行，浪花打来时，一惊一乍地跳脚尖叫；也曾在深夜沿着无人的海岸线走到清晨，蹲下身来，观看细沙上螃蟹留下的小洞。

朋友说，鹿嘴是深圳迎接第一缕阳光的地方。我不敢想象，那是多么绚丽的早晨，海面上波光粼粼，山林间凉风习习，将那稍纵即逝的日出渲染成人间美景。相对海上看日出，我更钟情于海上升明月，皎洁的月光为海浪勾勒出一道蜿蜒的银线，像极了摇曳在地板上的晚礼裙边，一步一步冲刷上岸。

山间的小路曲曲折折，通往隐匿于林间的木屋。木屋在浓郁墨绿的掩映中别有一番古朴，尤其是在晚上，置身其中，轻吟浅酌，便找到了几分遁世的意境。酒至酣处，心如明镜，梦里落花，人生无解。只好一次又一次地看海，听海，问海。

看海，海多情；听海，海动听；问海，海无声。我于是走到露台，很平静地流了一些泪。不是为了谁，而是一些陈年累积的情怀，被对面的灯火和山间的静寂所打开。

我知道，海就在不远处，我听得到它在夜里的低鸣，像是情人的召唤，我想朝它狂奔，可我知道我不能。

一个来自美容院，一个来自妇产科

我的钱包里有很多卡，现在的各大品牌店、咖啡馆、发型店，只要有消费的场合就有办会员储值卡这一说。但是我从未拥有过美容院的会员卡，不是对自己的皮肤有信心，而是每当我燃起去做个脸的心念，都被我那个在美容院工作的小姐妹制止。

她厉声说：别去！美容院就是圈钱的地方，你只要办了一张年卡，就会在每次去做护理的时候花上更多额外的钱，美容师都是有任务的。你想啊，只要你往床上一躺，美容师就会一边捣鼓你的脸一边向你推销产品，你一次不买，两次不买，可是时间长了，你不可能一种都不尝试的。我们美容院用的产品，绝对不像你想象的那么贵！总之呢，进去就得花钱，钱花起来就是个无底洞！

这话听起来就像形容赌场——不怕你赢钱，就怕你不来。不过经她这样一说，我想办美容卡的念头被打消了一半，却还是有点不死心。我问她：如果我去美容院，她们会说我的皮肤有什么问题？她打量了一下我的脸说：缺水啊，在美容院里说任何女人的皮肤缺水都不会错的，就像说任何人亚健康都不会错的一样。

我又问她："如果皮肤一点儿问题都没有的女人去了美容院，美容师会怎么说呢？"她说："哪有皮肤一点儿问题都没有的人？女人的这张脸啊，要么干，要么油，要么长斑，要么起痘，还有皮肤松弛的，需要祛皱的，现在又有了针剂和微整形，如果美容院提供一项零风险免费微整形，我就不相信哪个女人会跳出来说，真心觉得自己的脸可以一动不动。"

那么，我给她出了一个难题，如果十八岁的安吉莉娜·茱莉进了美容院，要怎样赚到她的钱？我这个美容业的小姐妹张口就来，我们会说，别看你现在年轻，皮肤光滑又紧致的，要是不好好做护理的话，过几年就不行了，你们欧洲人的皮肤松驰的速度就是比我们亚洲人快。

这回我服气了，从办美容卡的预算里拿出一点零头，欢欢喜喜地请这个美容行业的叛徒下楼吃饭。

除了这个业界良心的小姐妹，我还有一个在医院工作的小姐妹。有一天中午，我去医院找她，她还有一个小手术要做，就让我在手术室外面的病房等。她说："我大概得进去四十分钟，你要不要在这睡一会儿？"我看着病房里那几张雪白的床，连忙推辞："算了算了，再困也不敢睡这儿啊，万一我醒了发现自己少了一个肾，打官司告状，你们医院最多赔我一部 iPhone 6。"

几个月不见，彼此都有很多话要说，终于把她从手术室等了出来。她跟我说：趁这会儿人少，我给你做个彩超。我刚要问她上个月的职称考试通过了没有，听她这么一说，只好先提心吊胆地做个检查。

我躺到床上，她对着仪器坐在我身边，冰凉的探头刚刚放到我的胸上，她就"唉"地一声结结实实地叹了口气。我慌张地问："怎么了？怎么了？长了什么东西吗？"她看我吓得不轻，连忙说没有没有，什么都没有，我刚是想要跟你说，我考试没过。我提到嗓子眼儿的心这才慢慢回落。我说："张大夫，拜托你有一点儿专业精神好吧，给患者做检查的时候不要随便叹气，你考试没过是小，把人吓死是大。"

站在医生办公室的窗前往楼下看，是一个人工湖。张大夫问我："你看这个湖的形状像什么？"我看着那个形状不规则的湖，"是像橄榄吗？"她说："不是吧，这你都看不出来？我给你一点儿提示，这个湖叫'子母湖'。"我再次仔细地，带着想象力地观望着楼下的这个湖，可是怎么看都看不出像一个母亲抱着一个孩子呀，难道喝了子母湖的水会怀孕？

张大夫说："你《西游记》看多了吧，什么母亲抱小孩啊，这是一个子宫的形状啊，你看我们医院对我们科多么重视。"

我一脸无语地看着她："子宫是有多么不常见啊，除了你们谁知道它什么形状，这比彩票号码都难猜好吧！不过你们医院倒是真的重视你们科，还好你们不是男性生殖科。"

两个闺蜜，一个是美容业资深顾问，一个是妇产科主治医师。有了她们在身边，医院不用跑了，美容院亦不必去了。好闺蜜是女人的一剂良药，心晴朗一切才能豁然开朗。

小镇偷得半日闲

早晚的气温开始转凉,丝丝入扣地转,一针一线地转,待到觉察时,已是夏之深,夏之末了。每年的夏天,我都会回老家住一段时间。

小镇夏夜的街头人迹罕至,我在薄凉的夜里,盖着薄薄的棉被。窗外的夜空一闪一闪,起初,我以为是有警车经过,闪着警灯,拉开窗帘一看,不是。那是天边的闪电,酝酿着雷声的前奏,以及一场旷世大雨。

不多时,雨来了。想必是没有风的缘故,大雨倾注而泄,一如天幕。我推开窗,感受着夜雨带来的凉气。那树,那草,那邻居园子里的一花一果,早已被一场又一场的雨洗染成深绿,浓厚且庄重的深绿。

我是没有那么迷恋夏天了。这真是一个可悲的发现,因为只有年轻的女孩才无比迷恋夏天,她们甚至有一百件露脐装和比基尼。有的还没来得及露面,夏天就过去了。我把时令的丝巾和各式的薄厚披肩翻出来,一口气洗掉,以备不时之需。

你知道,天气,总是说凉就凉了。

每一次回老家,都会见一位老同学。他坐在我中学时代的后桌,属于白而胖,圆润又好欺的那种,语速慢慢的,讲话慢慢的。如我般遇强则弱、遇弱则强的气场,但凡发现这个人软弱好欺,便第一时间将他纳为闺蜜,作威作福。

这个老同学,便是从坐在我后桌的那天起,便饱受欺压了。记得有一天上学，他带来了一个崭新的随身听。我转过身说：借给我先听。他就把随身听递给我了。课堂上，我戴着耳机新奇地听着，老师叫我回答问题，我扯掉耳机线站起来时，随身听"啪"的一声，从书桌里摔到了地上。它坏了，负责卡住磁带的那片可以开关的透明塑料壳掉下来了，再也安装不上了。

我当时吓得要死，因为穷得要死，拿什么赔给他呀。我拿着摔烂的随身听转过身，胆怯地说：坏了。他看了一眼，很平常地说了一个字：哦。他对一个每天只有一块钱零用钱，摔坏了他六十多块钱的随身听的女同学只说了一个"哦"。

时隔多年，当时的感受让我牢记至今，像被打入冷宫的妃子被皇上复了位，像战战兢兢地给暗恋的对象发信息问："在干吗？"他回复："在想你。"一瞬间豁然开朗，桥都坚固，隧道都光明。

后来，我们都离开了家乡的小镇，到另一座城市念书。那时候流行写信，写信比写作业重要，几乎每个晚自习上伏案埋头的女生都在回信，书写着青春期里明媚的忧伤。我的通信对象，自然有这位白胖的同学。他的字写得很认真，很丑，像一个个七星瓢虫拼凑出的一页信纸，散发着淡淡的香味。

我去白胖同学的学校看过他一次，仅仅一次。他带着他的女朋友在校门口接我，我和他女朋友仅有的一次会面，以彼此看对方不顺眼、全程零交流而告终。现在的我，完全理解她为何嫌我碍眼，男朋友有一位挑三拣四看起来不是善主儿的异性好友，不能不妨。不要求他跟她绝交就罢了，谁还会去取悦她呢。而当时的我，仗着跟白胖同学多年的同窗之情，又深知他人善好欺，俨然一副婆家小姑的眼光，居高临下地端详这个未过门的姑娘。

白胖同学大学毕业就娶了那个姑娘，几年之后，他们却离婚了。白胖同学回到家乡的小镇，再没离开过半步。他带着孩子过着深居简出的生活，除了工作，就是去菜市场买新鲜的果蔬，给女儿做营养餐。

我因离家多年，也因昔日同学多半远在他乡，每次回去必见的朋友也就唯有白胖同学一人了。每一次，他都像树洞一样，听我唠唠叨叨地讲述着生活中的所遇之人、所感之事，然后把单买掉，把我送到楼下，待我站在阳台上朝他挥手，他才转身走。

上一次会面，白胖同学说，前妻从外地回来了，住在他的家里。我已不是当年的我，颇通达人情世故地说："她要是还想好好跟你过，回来就回来吧，毕竟是孩子的妈妈。"白胖同学说："她什么家务都不做，整天对着电脑抽烟、玩游戏，一截截的烟灰抖落下来把键盘弄得跟烟灰缸似的。"

听他这么说，我的态度依然在妥协："只要她对你妈好、对孩子好，能过就过吧。"白胖同学嘟囔了一句："关键是不好。"还捎带着声音微弱地埋怨了一句，"当时你怎么也不给我提个醒儿呢。"

当时？只有一个当时，就是他们俩在学校门口接我的那次。我毫不客气地说："谁敢提醒你啊！谁知道你那么早就结婚啊！对你妈不好、对孩子不好，还赖在你家干吗？今天回去就把她赶走！她要是敢欺负你，我替你报仇！"

白胖同学笑呵呵地说："这才是你。"我说："这么多年我一直欠你个人情。"他问："什么人情？"我说："记得那个被我摔坏的随身听吗？"他说："不记得了。"

从餐馆出来，路面上湿漉漉的，刚刚下过一场雨，空气清新。白胖同学提议："你上学的时候就喜欢雨后散步，去山里走走？"我笑着点头，走在这古老的夜晚、古老的小镇、古老的朋友身边，人生充满了安全感。

云上的观想

我多希望自己是一个热爱流浪的人,背起行装生活在路上。可惜我不是。于我而言,去什么地方,远不及跟什么人同行来得重要。应了这一份感性,使得我的眼泪总是落在儿女情长上。

我在内心既荒芜又嘈杂的时候,去了一趟青海。高原上的路,人在车里,车在云间,前方是青海湖。到了湖边方知,水至清,也有鱼。青海湖属于气质型风景,周围没有什么人工雕琢和亭台楼阁,单是一面辽阔静深的水面。湖的这边是嫩黄的油菜花田,湖的那边是黛色的远山。

旅途就像是人生。要长途跋涉,要坎坷奔波,要饥寒交迫,最后入眼的才是风景。飞机直达,跟安乐死差不多,压缩了旅途中的思考和感受的时间,风景也不过是夜空或者云海。在路上,很想知道路的尽头是哪里,山的那边是什么。

那是我所经历的最为漫长的一段旅程,凌晨四点出发,晚上九点抵达。一路绕山而行,海拔节节攀升,直至4700多米。整个人有点晕晕的,心脏微微发胀。一条似无尽头的路,通往藏地,沿途有经幡、有佛塔、变幻莫测的云、身着紫红色僧衣的师父、停下车热情挥手的藏民。

德昂的早晨,山中有雾,雾中有山,空气微凉,井水沁骨。我总是觉得这样的山里一定住着神仙。他们长生不老,修炼千年,夜深人静时下山去转经筒。青海的夜晚,星空低垂,令人悸动。莫名地,我想找到猎户座的位置，但又根本不知猎户座是何模样。只好站在院子里，仰望无涯星空，想到佛经里的一些词句：久远劫以来，菩提本无树，于须臾间……

从达日到西宁的长途车上，我坐在一个藏族小伙子的身边。他一路都在跟我聊天，用像外国人说中文一样的口音说着普通话。说什么都以"我的东北朋友"开头："我的东北朋友，你的皮肤好白呀，是因为你吃大米吗？"我在后视镜里看了一眼自己这张明显蜡黄缩水的脸，又看了一眼他的脸，确定了他是在夸我。

肤色黝黑的藏族小伙子，一笑就露出洁白的牙齿。他帮我搬行李，给我讲当地藏民的风土人情，遥指着车窗外露出白色尖顶的山端，告诉我那就是雪山。话别的时候，他问我：你会记得我这个藏族朋友吗？你吃大米的时候，你坐飞机上天的时候？我鸡啄米式地点头："会的，会的！"

旅行之路，风景大美，拍到的永远不及看到的。走过了山山水水，回首某座城市，某个景致的时候，恐怕只有看了照片才能牵扯出当时的记忆。最打动人心的还是那些陪你走了一程，帮你擦一把汗的人。

他们的可爱、他们的生动、他们伸出的援手和好奇的目光，像一枚独一无二的树叶，在初秋的清晨挂着露珠，颤动在一段关于旅行的记忆里。直到即将回到凡尘俗世中才得以顿悟，转过了经轮，绕过了佛塔，打坐过经堂，顶礼过上师……

这一路看云、看山、看风景；观心、观想、观人生，仿佛再没有什么绊得住脚的艰难，再没有什么越不过的沟坎。那些曾困扰于心的流言，那些擦肩而过的无分有缘，都不过是庸人自扰的一缕杂念，根本不值得安住心间。

多年以后，我是另外一个我

我的一个哥们儿说："我告诉你为什么你喜欢上一个人，他却不喜欢你。那是因为你的感情经历太少，等你到了我这个岁数就会明白，你喜欢他、他不喜欢你的人多了去了……"

一位生日刚过的闺蜜收到男友的礼物是，一个鞋盒般大小的深蓝色漆木首饰盒，上面是描金的花鸟和枝叶线条。她问我："好看吗？"我吞吞吐吐地说："好看是好看，很贵气，很复古，就是造型有点骇人。"她诡异一笑，是不是觉得盒子侧面缺个放一寸照片的地方……

一位坠入情网的闺蜜问我和另一个闺蜜："你们说无名指上戴着戒指的男人肯定是已婚的吧？"我们俩实在不忍心伤害她，我就带头说："那可不一定，说不定只是用来装饰的呢。"另一个附和我："对呀，你干吗不直接问他？"她说："那样太直接了吧，我好怕他知道我喜欢他。"我说："当然更有可能是婚戒。"她魂飞魄散地发出一声尖叫声。吓得我又马上安抚她："但也可能他已离了，离婚之后日子过得太自在了，人也胖了，胖到戒指都摘不下来……"

最后我俩一拍即合地总结性发言："他在伪已婚和截肢之间，选择了前者，别放过他。"

一位新婚不久的闺蜜一脸认真地跟我说，等你结婚的时候，走红毯环节一定要用《婚礼进行曲》。我问她为什么，她说："因为我参加过很多次婚礼，用什么音乐的都有，只有《婚礼进行曲》最庄严神圣。"我说："可是万一我嫁给一个身家过亿的煤老板，人家唯一的要求就是走红毯的环节要放二人转或者《小苹果》，你观礼时能忍一忍吗？"她深深地点着头说："婚姻绝对不是一个人的事，我们必须以对方的感受为主，到时候我帮你打碟……"

一位资深星座塔罗达人的闺蜜神采奕奕地说："亲爱的，你知道吗？咱们水象星座到六月份就'水逆'啦！"我茫然地问她："什么是水逆？"她说："就是水星逆行啊，会给我们的情绪、工作、感情带来影响。"我还是一头雾水，问："什么影响？"她说："比如说呢，假如你现在喜欢一个男人，他却对你没有任何回应，等你一水逆，他可能就有回应了啊！"我看着她，微笑着一字一顿地说："这样的男人，我只希望他溺水……"

一位神经大条的闺蜜晚上打车来我家，我在电话里告诉了她楼下门禁的开锁密码。她重复了一遍就把电话挂了，挂了之后却再也想不起来了。她坐在出租车的后排，探着身问出租车司机："师傅，请问你刚才听到我通电话的时候说什么了吗？"司机十分警觉地回答："我是有职业道德的，我从来不偷听乘客打电话。"她又重新靠回椅背，自言自语了一句："门禁密码是多少来着？"0273！"司机脱口而出……

一位睡眠不好的闺蜜说："以前睡到半夜，我总会莫名地醒来一次，想到我妈一个人在老家，我就很牵挂，要好长时间才能重新入睡，那种感觉非常虐心。自从我妈搬过来之后，我心里就踏实了，半夜一次也没醒来过，因为我妈呼噜声很大，我到半夜都还没有睡着……"

一位厨艺精湛的闺蜜需要一小块瘦肉，用来切细炒熟拌到凉菜里。她去了菜市场，买了一点水果，一点青菜，一小块肉。回到家里，换衣服，洗手，进厨房，可是那一小块肉不见了。它不在菜篮里，难道是忘在了其他摊位上？她想了一会儿，觉得不能。她把菜篮里的东西一样一样拿出来摆在桌上，发现了一枚五毛钱硬币。她笑了，直接拉开零钱包的拉链，把小块肉拿出来。肉没丢，只是跟零钱装反了……

一位爱面子的闺蜜逛街的时候看中了一顶黑色的渔夫帽，她瞬间就有了画面感，想象着自己穿着一件汤唯在《晚秋》里面的风衣，拿着一只牛皮信封包，真是要多考究就多考究，要多低调就多低调。上前一问，价格小贵，分文不少，她转身走掉。回家以后，试穿哪件衣服都觉得头上少一顶渔夫帽。一个星期后，她又去了那家店，进门时先瞟了一眼，帽子戴在店里最左边的模特头上，她心安了。然后假装像初次登门一样，从进店右手边衣架上的衣服顺序挑起，时不时地拿起一件，问卖东西的小姑娘：这件多少钱？直到她用心良苦地按顺序走到了模特跟前，拿下那顶做梦都想着的帽子，很随意地试了一下，问："这个多少钱？"小姑娘报上了一个跟上次同样的价格。她说："不能打点折吗？"小姑娘说："真的不能少，都是老板定的价，要是能少，那天我就不让你走了……"

写到这里，刚好尚雯婕唱道："好多年以后，我是另外一个我，雪融化那天，阅读着过去的我……"我也曾看着十年前的照片，浏览着十年前的邮件，找寻过当年的那个我。现在的这个我，早已被生活点化成另外一个我了，被"人以群分"地分到一起的都是轻调侃、狠自嘲、嘴上刻薄、心地善良的这一拨儿。

这一拨儿人，打一个响指就能把生活中的大事小情剪辑成段子，大事化小，小事化笑，人前洒脱没烦恼，不懂得拒绝，不愿意迟到，无所谓什么浪漫和仪式感，珍惜每一次平凡的相聚相处。因为我们深知，相对恒久的是地球公转和四季变幻，无法重返的是瞬息万变的人与人生。

回不去了的苍凉

真是没想到,大年初一的电影票像2012的方舟票一样难抢。中午站在售票处排队,拿到手的居然是午夜场。我是有多爱这些从家中逃离了春节,跑出来找个地方透气的人们。我想提议大家共同举杯,敬我们不喜欢的每一个人声鼎沸的节日假日生日。

小时候过年,家里的餐桌上一定少不了桔子味汽水。就像看电影一定要吃爆米花,到KTV一定要喝啤酒一样。为此,我对节日的盼望就是对桔子味汽水的盼望,喝掉一点就灌一点水进去,直到一瓶汽水仅剩一点淡淡的桔色,仅有一丝不易察觉的甜味方能罢手。

没有拥堵和雾霾的那些年,晴空是晴空,月夜是月夜,像老照片上一清二白的童颜。那张童颜又像是故乡的庭院,每一年都在变,时值今日早已拆迁。好在我还是能找到当年那个老花瓶厂的位置。

老花瓶厂里有一个很大的废玻璃堆积区,那是我童年的天堂。放暑假的时候,我经常独自从丝网大门的空隙钻进去,蹲在那个废玻璃堆积区捡拾薄厚不一的彩色玻璃片。我将一块块玻璃片收集起来清洗干净,摆放在院子里,等它们晾干了,再收到一只布袋子里,我坐在小凳子上,从沉甸甸的布袋子里将它们一片一片地举起来,透过它们看阳光。

那些七彩的阳光可以证明,在文艺的领域里,我的出道是有多早。

老花瓶厂拾荒的岁月里,有过一次重大惊喜。我无意间发现了两支空的汽水瓶，它们可以退换四毛钱，四毛钱可以买一瓶桔子味汽水。我望着这两支空瓶子，望着眼间这堆在阳光下反射出七彩之光的玻璃片们，感觉内心已经盛不下这从天而降的喜悦了。

我拎着两支空汽水瓶，蹦蹦跳跳地朝不远处的小卖店走去。那一段路，承载着我全部的期许与惊喜，走过的每一步都开出一朵花来，走到一半的时候，意外发生了。由于我得意忘形，甩开的两只胳膊交叉时导致两支汽水瓶撞到了一起，其中一个瓶子撞掉了瓶底。

我站在路边，像大王派我去巡山时被孙悟空定住了的小钻风，愣愣地看着两只手里分别提着的一支完好的瓶子和一支掉了底的瓶子，心情从云端跌入谷底，仿佛这世上再没有什么事情能让我笑出来了。

我的瓶子烂了，我的桔子味汽水泡汤了，我的人生第一次况味到了什么叫作深深的失望。那失望中饱含着自责，一度要哭出来，却又被那支完好的瓶子给难住了——要不要再去寻找一个替补的瓶子呢？万一找到了，岂不是哭早了。

我讪讪地回到玻璃厂里我的秘密领地，又在那里逗留了很长时间，直到夕阳西下彩霞满天，才拎着一支空瓶子折回家中。骑着自行车下班回家的人们，一定想不到，路边那个垂头丧气踽踽独行的小姑娘，刚刚经历了一场怎样的惊涛骇浪。

回到家以后，我把这件事讲给了外婆。外婆看我可怜的样子，又给了我两角钱，让我连同退掉那支完好的瓶子去换一瓶桔子汽水。我看着那张旧旧的绿色的两角钱，丝毫没了欲望，心头涌起了"回不去了"的苍凉。

那瓶虚无的桔子味汽水，成了一个完美主义的情结，成了系在庭院枝头上的月亮，挂在了我童年的夜空。每回想一次，都不禁哑然失笑。不喜欢吃粽子，不喜欢吃元宵，不喜欢吃月饼，不喜欢吃年糕……不喜欢任何一个节日，因为节节催人老。

午夜电影开始前，还好有志同道合的朋友们一起聊天。一个说："为什么生活的爱好是不断地制造事端,小的时候,梦想在远方;工作之后,爱人在他乡;人到中年,身后是回不去的故乡。"另一个说:"我婚也结了,二胎也生了,房子买了,父母也接来了,要是再初七吃面条,十五吃元宵,我还全让生活赢了呢!"

我说:"生活就像父母,它想赢就让它赢吧。等我们老了也就想开了,输赢不重要,只要他们开心就好,千江有水千江月,万里无云无里天。"

别把你的蜜糖酿成别人的砒霜

我曾经在出租车里听过一档电台节目,那是一档情感互动节目。电话切到直播间,一位女听众跟主持人说:"我有一个好朋友,上个月她七岁的女儿因患急性白血病离世了。我的朋友悲痛欲绝,整个人消瘦了很多,不见任何人,也不说话。我们觉得如果一直这样下去,她的生活也毁了。作为朋友,我们很想为她做点什么,可是我们真的不知道怎样做,能让她尽快好起来。"

听到这里,我的目的地到了。我被这个问题难住了,因为如果我是主持人,我不知道有什么能提供给这位女听众的解决办法。除了时间,还有什么能够冲淡她的丧子之痛呢?我想听主持人怎么回答她,同时很害怕听到一些无关痛痒的解答。我叫司机把车停到路边,待我听完主持人的回答再下车。

主持人是一位男性,他问女听众:"你所说的你们,也就是她的朋友,都是母亲吗?"女听众说:"是的,我们的孩子都差不多大,有的孩子跟她女儿是同学。"主持人说:"好的,我现在告诉你,你们现阶段唯一能为她做的,就是不要让你们的孩子在她跟前出现,你们聚在一起的时候,也不要提起任何与自己孩子相关的话题。有一句话叫作,不要拿你的糖蜜酿成他人的砒霜。"

听到这里,我付钱下车,心服口服。那几天,总是想到主持人的那句结束语。

后来，我身边也有一位朋友，她的女儿得了白血病住在医院里。在她消沉无助的那些日子里，她拒绝了再三要求前来探望孩子的朋友们。

她跟我说："我不让他们来是有原因的，这些朋友要么为人父母，要么已婚正打算要孩子，或是过两年打算要孩子，可是当他们来到儿童白血病治疗专区，看到的都是治疗中的患儿，也不排除赶上哪个孩子刚刚离世的场面，那会给他们带来多大的心理阴影，不亚于让一个未婚姑娘去亲眼观摩一个女人难产的过程。"

我懂她的用心，孩子已然病了，多一个人探望还是少一个人探望并不重要，重要的是她在如此心境之下，还能理智客观地为其他人着想。想来我们相识多年，一起嬉笑怒骂多年，当她流露出善良悲悯的一面，我不知说些什么好。

善良，是人的底线。很多时候，当我们不去对质某些事，不计较某些利益，不苛责某些过失时，不是因为我们有多宽容，而是我们有把握，对那个造成这些麻烦的冒失者的人品有把握。

我的一个邻居说："我真的不希望我妈再去跳广场舞了。"我问她为什么？她说："因为我妈妈每次跳完舞归来，都会讲起梁阿姨。梁阿姨家住的是别墅；梁阿姨家每个月买狗粮的钱比我们家物业费都多；梁阿姨的退休工资是我妈妈的三倍；梁阿姨的儿子在美国攻读博士，女儿移民到澳洲了，总是给梁阿姨寄名牌护肤品……"

"梁阿姨的老伴呢？"我问她。邻居说："她老伴过世很多年了。"我说："那你妈妈有没有给梁阿姨讲一讲，你爸在家做了一辈子饭，你妈从未进过菜场和厨房？你爸担心你妈冬天犯关节炎，每天睡前给她准备好泡脚水，里面还加艾叶和老姜粉？"

邻居说："没有吧，我妈说她不爱跟跳广场舞的阿姨们聊家事，锻炼身体就是锻炼身体。"我没忍心再往下追究，实在不敢想象假如广场舞被取缔了，可怜的梁阿姨每天擦着名牌护肤品，该去哪个舞台彰显她的生活优渥感呢。

　　细数我们身边的每一个人，谁还没有点自己独一无二的优越感：单身的人有自由，已婚的人有安稳，离婚的人有解脱，再婚的人有经验……哪怕是再一无是处，空有一脸油光满面，那也是老天爷赏饭吃，可以用来盘星月菩提。只不过是享用久了自己的这份优越，有点羡慕别人的那一份，别人偏巧又把客套当了真，以为自己有的是所有没有的人的梦寐以求，铺天盖地地秀了起来。

　　那些在朋友圈里一把屎一把尿直播长大的孩子，那些今天干掉一瓶拉菲，明天入手一款 LV 的名媛，终有一日会在渐行渐少的回复与点赞中明白，你秀了，人家就笑了。至于是哪一种笑，木心先生回答了："看清世界荒谬，是一个智者的基本水准。看清了，不是感到恶心，而是会心一笑。"

有些爱，不配倾城

咖啡馆，一个姑娘推门而入，跳着脚吵嚷着冲向朋友们的那一桌。

她边走边说："我刚相亲回来，那个男生太斯文了，完全不是我那杯茶。我强装淑女地把饭吃完了。因为我妈昨天再三教育过我，你就算没相中人家也给我忍着，不许当面表现出来！"

朋友们七嘴八舌地插话："你要不要再多见几次啊？""带过来给我们看看啊！""真的一点都不合适吗？"……姑娘说，带来给你们见，还不把他吓死，倒也不是哪都不合适，我俩星座特别合，他是天蝎，我是巨蟹。

这时，邻桌的其中一个姑娘凑过去，一脸羞涩地说："你要实在觉得不合适，能让给我吗？我是双鱼，我跟天蝎也是星座特别合。"一阵爆笑声中，两个姑娘互加了微信，两桌朋友成了一桌朋友。

我坐的这一桌，对面的朋友，漂洋过海地来分手。分了之后她问我："你说我们的关系算是恋爱吗？"我看着她的眼睛，看到了她想要的答案。我说："不算。"她欢快地说："真的吗？"我说："当然了。"我们不敢保证自己的不离不弃能换来对方的生死相依，好在我们有权决定给不给一段感情、一个人名分。男友也好，前任也好，你认定他是，他就是。你要是觉得他不配，那他就是一台旧家电，等着别人高价回收吧。

她的轻松只维持了很短的时间就又泪光闪闪了："可是我付出了那么

多感情、时间和金钱,他日后回想起我的时候会感动吗?"我反问她:"感动又能怎么样呢?他感动了,你老板会给你多发年终奖,还是你的体重会不减自降?乐嘉老师不是说过:有时候,我们飞蛾扑火地去爱,不是为了感动对方,而是自己感动自己。"

呵呵——总算换来她破涕为笑了——"你说得对,我这些年没干别的,净自己感动自己了,回回都把自己感动得山崩地裂,弹尽粮绝,然后好了伤疤就忘了疼。我说忘了疼就好,大不了一个人关起门来对着空气哭喊:皇上,你害得世兰好苦啊,然后擦干眼泪,给老十七回一个笑脸,跟温时初过下半生,有空跟苏培盛一起看场电影。感情嘛,没有烟,总有花。"

她说:"那他下个月结婚,如果通知我的话,我要不要去?"我说:"你想去就去,撂狠话谁不会,不会的到百度上现搜,风起云涌地提供给你。诸如前任邀请你参加婚礼,回复他:这次没空,下次吧。"

我倒是觉得,与其重复一千次的想象,不如光鲜靓丽登场,现实永远比女人想象的温柔。不去是情理之中,去了才是战胜自己,一来虚心看看自己输给了什么样的姑娘,二来说不定在他婚礼上遇到真爱呢。

前几年流行"谢室友不杀之恩",最近流行起"谢前任不娶之恩"。任何糟心的情感关系,想通透了都能还是朋友,而且化敌为友的时间越来越短。

真正的放下,不是后会无期,也不是删除他的电话,拉黑他的头像,而是无声无息的。当初那么喜欢,现在这么平淡,没有爱,也没有恨。只是在心里知道,你不会再对着手机傻笑,陪他聊天至深夜了;不会有的没的发一些文字感伤怀念,设置成只对他一个人可见;不会在人流中等红灯过马路的时候,感叹没有他的日子,渐一番风,一番雨,一番凉了。

徒手抱怨,没有长进也没有进账,时间带走初衷留下的只有苦衷,何必困在一段时光里怀念另一段时光。他不再联系,你就无须再等,放下手机，立地成佛。多年后再见面，不管他变成了怎样，你依旧是那个没心没肺的姑娘。

有些人，不必等；有些爱，不配倾城。

这一趴，自己感动完自己了吗？那就补补妆继续爱自己吧，但凡未得到，但凡是过去，总是最登对。